VARIÉTÉS RELIGIEUSES

ou

CHOIX DE POÉSIES

PROVENÇALES

AVEC NOTES

AIX

MAKAIRE, IMPRIMEUR-ÉDITEUR, PONT-MOREAU, 2

1860

BIBLIOTHÈQUE PROVENÇALE

× × ×

VARIÉTÉS.

VARIÉTÉS RELIGIEUSES

ou

CHOIX DE POÉSIES

PROVENÇALES

AVEC NOTES

AIX

MAKAIRE, IMPRIMEUR-ÉDITEUR, PONT-MOREAU, 2

1860

Le volume que nous publions aujourd'hui et qui est le troisième de notre *Bibliothèque provençale*, contient un choix de pièces très-anciennes qui ont été inspirées par le sentiment religieux. On sait combien ce sentiment était vif chez nos pères; aussi le nombre en est-il très-considérable. Les noëls surtout abondent dans tous les anciens recueils imprimés ou manuscrits : c'est aussi ces pièces que nous reproduisons principalement.

Le premier poème, *Dieu soit béni*, a été reproduit exactement de l'édition originale imprimée à Avignon; nous n'avons pas pu savoir le nom de l'auteur de cette pièce. Les deux premiers cantiques ont été extraits d'une des plus anciennes éditions des *Cantiques spirituels*, imprimée à Avignon en 1735; l'approbation de ce volume est signée Guyon, Cro-

chans et Gabriel Astier, docteurs en théologie,
et plus bas : *Imprimatur si videbitur Reve-
rentissimo Patri Inquisitori*, signé : Brun ,
Vicarius gen. Et enfin, Imprimatur, F. Joan.
Bapt. Mabil, inquisitor generalis.

La Messe et les Vêpres sont de M. l'abbé
d'Isnard , chanoine sacristain de l'église collé-
giale de Salon. Son recueil a été imprimé en
1702 , et il est revêtu de deux approbations,
celle de M. Cotel, vicaire général de l'archevê-
ché d'Arles, et M. Henricy, curé de Ste Mag-
deleine à Aix, en 1698, et enfin de la permis-
sion et du privilége qui accompagnent ordinai-
rement tous les anciens ouvrages.

Les noëls , et surtout le travail qui les accompagnent , sont dus à M. l'abbé Dubreuil ;
son recueil , fort rare, est un des volumes les
plus précieux de notre ancienne littérature
provençale , aussi avons-nous puisé hardiment
dans cet ouvrage toutes les notes que nous donnons avec les noëls.

C'est à l'abbé Thobert que l'on doit la pas-
torale rapportée à la page 141 , et qui est sans
contredit la pièce qui a eu le plus d'éditions ;

tous les imprimeurs de Provence en ont fait et
le nombre en serait incalculable ; nous avons
reproduit celle imprimée à Aix par Chevalier,
en 1819 ; cet imprimeur en a fait deux éditions
dans la même année, avec cette différence que
celle qui ne porte pas le nom de l'auteur s'ar-
rête au noël *Le Fils du Roi de* *loire ;* tandis
que l'autre qui porte le nom de feu M. Thobert, prêtre directeur du séminaire du Sacré-
Cœur à Marseille , contient le cantique sur la
Nativité, que nous donnons page 160. Enfin
la *Vie de S. Cannat* est la reproduction de
l'édition de 1703, et la *Chanson sur la Passion* a été copiée sur l'imprimé d'un de nos
nos prédécesseurs, Eméric - David , en 1790.
Dans la réimpression de ces diverses pièces ,
nous sommes attaché à reproduire exactement
l'orthographe , qui varie fort souvent , et les
fautes que l'on y découvre pourront quelquefois
servir à préciser une époque incertaine.

A. M.

POEME

SUR LES SAINTES PAROLES

DIEU SOIT BENI

Où l'on fait voir les motifs et les avantages qui nous engagent à les prononcer souvent; et les malheurs de ceux qui les dédaignent.

Que l'on peut chanter sur l'air :
De bon matin per la Campagne.

— ⋇ —

Homme qu'es grande ta noublesse,
L'Eternel, suprême Sagesse,
De sa substance t'a fourma ;
Per lou couneisse, per l'ama ;
Lou beni, lou loua, l'y plaire,
N'as cici bas, ren autre à faire,
Deves gis avé d'autre but,
Que son amour, et ton salut.

Penetra d'aquele noublesse,
Et diriga per la sagesse,
O Chrestian voste ambition,
Deou tendre à la poussession,

Dou ben veritable et suprême,
Si lei mondein an per sistême,
De courre après la vanita,
Vou : juste din la carita.

Poussa per une noble hardiesse,
Devé vous excita sans cesse,
A courre après aqueou gran ben,
Hardimen prounonça souven,
A l'hounour dou Dieou deis Armade,
Aquestei paraule sacrade,
Que lou bon Dieou siegue beni,
Aqueou mot soulé reuni

Tou lou proufon de la sience,
Et lou brillan de l'élouquence,
Que lou bon Dieou siegue beni,
Mon Dieou : vou que sia l'infini,
Voulé que yeou vile poussiere,
Vou loue et vou digue mon pere,
Que lou bon Dieou siegue beni.
Mon Dieou : mon unique plesi

Sara donc de canta sans cesse,
Louen Dieou, son amour nou presse,
Que lou bon Dieou siegue beni,
En lou disen prounonce eici
Ce que y a de plus admirable,
De plus grand et plus ineffable,
Que lou bon Dieou siegue beni,
Es aqueou grand mot que ravi.

Lei Sant , leis Elus , et leis Ange ,
Din sei transports et sei louange ,
S'excitoun sen cesse à l'envi ,
A canta Dicou siegue beni.
Belle Sion , ô Cita sante ,
Chez vous incessammen l'on cante ,
Gloire à Dicou , son nom sié beni ,
Et mille , et mille fés beni.
Jerusalem , Cita celeste ,
O que son belle vostei feste ,
Qu'oure es que pourren oublieni ,
De yé canta Dicou sié beni.
Helas ! Eici din la misere ,
Elougna de noste bon pere ,
Gemissen , fasen que langui ,
Lou grand mot Dicou siegue beni
Soulé poou tari nostei larme ;
Et nostei cruelleis allarme ,
Podoun calma , ni s'adouci ,
Qu'en disen Dicou siegue beni
Oui , lou Ciel , leis air , lei campagne ,
Lei mar , lei valon , lei montagne ,
Lou passa comme l'aveni ,
Tout es perque Dicou sié beni.
Si maugra de ben tan visible ,
Chrestian sia toujour insensible ,
Per lou grand mot Dicou sié beni ,
Medita lou ben à losi ;

Grava lou ben din voste teste ,
Que fugue per vous une feste ,
De dire Dieou siegue beni ,
Cœur dur , laissa vous amoulli.

Vou lassé pas de lou redire ,
Huroux aqueou que di souspire ,
De ce que Dieou siegue beni ,
N'occupe pas tou souveni.
Res vieou tranquille sur la terre ,
Vounté n'y a que trouble et que guerre ,
Qu'aqueou que s'est ben aguerri ,
A faire que Dicou sié beni.

És assura de sa fourtuno ,
Si Job , jadis , n'en faguét une ,
Fugué per un Dieou sié beni ;
David n'a piesqu deveni.
Un Rei tant grand , tant admirable ,
Et même un Prince incoumparable ,
Qu'én prenen Dieou siegue beni ,
Per son mot lou plus favori.

Et sens aco lei plus grands hommes ,
Sont coume de pichots atomes ,
Que fan ren qu'ana , reveni :
Aqueou que Dieou siegue beni ,
N'es pa la fin que se propose ,
Que reflechigue sur la rose ,
Veira qu'à peine espanoui ,
Que cride Dieou siegue beni.

N'y a même pa jusqu'à la brute ,
Que non nou digue en lengue mute ,
O homme ! Dieou siegue beni ,
Observa sen vous préveni ,
Tout ce que l'y a din la nature ,
Veirés que chaque creature ,
Cride amai for , Dieou sié beni ,
L'y a res que posque sousteni

Contre ce qu'ai l'hounour de dire ,
O nom sacra ! mai vous admire ,
Ou mai voudricou despreveni ,
L'ingra que vau pa vou beni.
Car n'intre pa dedin ma teste ,
Que d'enfan dou pere celeste ,
Combla de ben , ama , cheri ,
Yé digoun pa fugués beni.

N'es pourtan pa ben difficile ,
Et foou pas estre ben habile ,
Tout homme deou n'en conveni ,
Per dire Dieou siegue beni.
D'ailleur , foou ni frais , ni science ,
Un soulé trait de confience ,
Que parte d'un fond recueilli ,
Et dire Dieou siegue beni.

Es aqui tout ce que foou faire ,
Un Paisan à soun araire ,
Que n'a jamai sachu legi ,
Poou dire Dieou siegue beni.

Perque din lou christianisme,
Ou mesprés dou san cathechisme,
Rougissoun de Dieou sié beni,
Dountés qu'aco poou prouveni.

    Es que plounga din la matière,
Pensen pas à la fin derniere,
Et soun tallamen perverti,
Que yeun que Dieou siegue beni.
Oublidoun soun aimable Mestre,
Et la noble fin ne son estre,
Leis insensa soun abrouti,
Car enfin sen Dieou sié beni

    Qu'es que la vide su la terre,
Ou mau, ou mor, ou trouble, ou guerre,
Et qu'au pourrié la défini,
N'y a qu'un ferven Dieou sié beni
Que la rende un poou soustenable,
Uno ame es toujour miserable,
Que fai pa de Dieou sié beni,
Tout son bonheur et son appui.

    O sant amour, que voste flamme,
Penetre jusqu'ou fond d'une ame,
Poou plus alor se conteni,
Crido per tout Dicou sié beni.
Quand uno ame es ansin expressou,
Per lei beouta de la sagessou,
Se laissarié grilla, rousti,
Per faire que Dicou sié beni.

Endurarie mille martire,
Si l'a fourçavoun, l'ause dire,
Prendrié sen creinte d'arseni,
Pourvu que Dieou siegue beni.
Elle es au fond toujou contente,
Et si quauqu'ouren la tourmente,
Es que vei que Dieou sié beni,
Es presque per tou din l'oubli.
   Un homme, qu'en prudent et sage,
Se rendra familié l'usage,
Dou san mot : Dieou siegue beni,
Poou s'assura de parveni,
Per sei combats à la victoire,
Et per sei triomphe à la gloire ;
Pourvu que sens se desmenti,
Fague que Dieou siegue beni.
L'escla que lou monde presente,
Es fau, jamai res non contente,
N'es pas d'or tout ce que lusi,
Canten toujou Dieou sié beni.

Per rendre plus intelligible,
Plus consolant et plus sensible,
Tout ce qu'aven dit jusqu'eici,
Su lou san mot Dieou sié beni,

Vesen emé un esprit doucile,
Din l'Escriture et l'Evangile,
Lei motifs que Dieou nous fourni,
Per nou pourta de lou beni.

Veiren pici lei suite critique,
Dou dedain d'aquele pratique,
Pouden pas trop approfondi,
Ce qu'es que Dieou siegue beni.
Ren eici bas n'égale l'homme,
Mai sa grandour n'es qu'un fantome,
Qu'à chaque instant s'esvanoui,
S'es pas homme à Dieou sié beni.

Son cœur es plus grand qu'un Empire,
Mai cependant y a ren de pire,
Qu'un homme qu'ei desprouvesi,
Dou desir que Dieou sié beni,
Regnesse t'y su l'hemisphere,
Son regne sarié que misere,
Ren eici poou se manteni,
Quand lou bon Dicou yés pas beni.

En un mot, l'y a ren de prisable,
Et même tout ci mesprisable,
Excepta ce que poou servi,
A faire que Dieou sié beni.
Puisque tout es ansin fragile,
Foou que fuguen ben imbecile,
Per y avé lou cœur asservi,
Quand lou bon Dicou y'es pa beni.

O homme siés de Dieou l'image ,
Ça donc : ranime ton courage ,
Sens creinte agues soin de banni ,
Tout ce qu'es pas Dieou sié béni.
Que jamai gis de viste humaine ,
Te fague oublida son domaine ,
Que ren te piesque desuni ,
Dou desir que Dieou sié beni.

Desgrades pas ton origine ,
Souven - te qu'es noble et divine ,
Crese que Dieou sara beni ,
Que te n'en parle en racourci.
Eici din mei transports admire ,
Lei grandei cause que voou dire ,
Cœurs ouvrez - vous à mon reci.
Lou bon Dieou n'én sara beni.

Leis Ange ayon perdu la grace ,
Lou Très - Hau pèr rempli sei place ,
Fourmét un estro reflechi ,
Propre et capable à lou beni.
Prengué son found din la poussiére ,
Soufflé sus aquele matiere ,
Yé fagué part de son espri ,
Et dès - lors n'en fugué beni.

L'establigué din lei delice ,
Sen passion , exempt de vice ,
Huroux si n'avié pas failli ,
Qu'inte bonheur ! Dicou sié beni.

A peine agué coumé son crime ,
Que yé semblé veire l'abime ,
Ouver et prest à l'englouti .
Incapable alors de beni

Lou Creatour de son essence ,
Piesque plus souffri sa presence ,
Sané cacha per la fugi ;
Coume Dieou n'ere plus beni
De sa nouvelle creature ,
A l'instant toute la nature ,
Fugué su lou point de peri ,
Graces à Dieou que sié beni.

Que tout se réspende en louange ,
Après la revolte deis Ange ,
Dieou lei condamne , lei maudi ,
Jamai pourran plus lou beni.
Et per tu : homme miserable ,
Son Verbe et son Fils adorable ,
S'offre , et proumét per lou flechi ,
De s'incarna per lou beni.

Que siés huroux din ta misero ,
D'estre l'enfant d'un tan bon pere ,
Oumen n'oublidés pas d'agi ,
Per que ton Dieou siegue beni
Puisque comprenés d'ounté sortes ,
Prends garde coume te comportes ,
Songe à nen faire ton profi ,
En fasen que Dieou sié beni.

Es vray que despiei ton ouffense,
Maugra l'écla de ton essense,
Naisses criminel et proscri,
O profondour ! Dicou sié beni,
Ton penchan vers lou mau t'entreine,
Tout ce qu'es ben, d'abord te geine,
Ton Dicou, lou saves plus beni,
En neissen même siés marri.

Te vequi donc sous l'anatheme,
As ousa t'en prendre à Dicou même,
Es juste que fugues puni,
Mourras, et Dicou sara beni.
Cependant ton aimable Mestre,
Per amour sei fa ton sequestre,
Rintraras d'ounté siés sourti,
Si fas que Dicou siegue beni.

Jesus ton Sauveur tant aimable,
Es na per tu din un estable,
Tout grand qu'ei s'es aneanti,
Afin que Dicou siegue beni.
S'es revesti de tei misere,
Et per un dei plus grand mistere,
A souffer, es mort, a pati,
Toujou perqué Dicou sié beni.

A sa mor toute la nature,
A sembla perdre sa structure,
Parce qu'avié tout accompli,
Et Dicou très - dignamen beni,

En Mestre adourable et suprême,
A triompha de la mor même,
Ei resuscita : siés gari,
Que foou t!y mai per lou beni.

   Tout triomphant de sa victoire,
Es rintra din sa propre gloire,
Yé regne et ben leou deou veni,
Per te confondre, ou te beni.
Ta laissa din l'Eucharistie,
Son propre cor coume une hostie,
Et de son sang voou te nourri,
Pourvu que vogués lou beni.

   A presen te donne sa grace,
Enfin, te reserve une place,
Parmi leis Ange en Paradi,
Que de motifs per lou beni.
O homme si siés raisounable,
Après de ben tant ineffable,
Desormai deves plus tari,
Per faire que Dieou sié beni.

   Cependan ce qu'es indicible,
Ingra siés toujour insensible,
Yeun que per tu Dicou sié beni,
Commettes de nouveou déli.
Sachés ben qu'enfin sa justice,
Esclatara su ta malice,
Ouffenses Dicou en estourdi,
Ben leou pourras plus lou beni.

Dicou es bon : es vray, mai t'ajuste,
Que s'es bon , es autan ben juste,
Si siés pa san per lou beni,
Siés reprouva , podes chousi.
Ah ! Si les pople de la Chine,
Couneissien la vertu divine,
D'aqueou gran mot Dieou sié beni,
Ben leou lei veirian converti.

Abandounarien seis idole,
Sa lei , sei pretre , seis escole,
Et farien per tout restenti,
Que lou bon Dieu siegue beni.
Et tu din lou sein de la Gleise,
Lache Chrestian , ta voix se teise,
Et de san fré veses terni,
La gloiro de Dicou sié beni.

Blasphemoun contre l'Evangile,
Et tu l'entendes for tranquile,
Sens ousa faire interveni,
Que lou bon Dieou siegue beni.
Oumen : fai que din ton lengage,
Ren se ressente dou volage,
Tout homme deou s'en absteni,
Parce que Dicou y es pa beni.

Qu'aquelei terme deplourable,
Coume pardi , ma fé , semblable,
Te fugoun toujour interdi,
Pren per ton mot ; Dicou sié beni.

Tant que saras sous seis enseigne,
Siés segur vai : N'as ren à cregne,
Satan enrage de despi,
D'abord qu'entend Dieou sié beni.

Say pas si me foou ben entendre,
Voudrieou per l'amour lou plus tendre,
Pourta tou lou monde à mouri,
En disen Dieou siegue beni.
Lorsque traverse per la place,
Que vese tant de populace,
Sen que res ouse s'enhardi,
De dire Dieou siegue beni.

Si suivieou l'ardour que me presse,
Cridaricou en fenden la presse,
Vous : oumen cher gagne peti,
Disés que Dieou siegue beni.
Vous aussi bonnei jardiniere,
Et vous : chers ouvriers et ouvriere,
Din vostei differen babi,
Disés un poou Dieou sié beni.

Vountés lou tem de nostei pere,
Tem que tout l'Univer revere,
Quan se vesien d'un ton poli,
Se disien Dieou siegue beni.
Arou là terre es desoulade,
Et la nature ei consternade,
Coume lou Prophete l'a di,
Parce que Dieou n'es pa beni.

L'y a quasi res que reflechigue ,
Seriousamen , et que se digue ,
Mon cœur , foou pas nous endourmi ,
Fasen que Dieou siegue beni.
Eici moun ame es din lou trouble ,
Lou moude amé soun espri double ,
Parle , coumande , es oubel ,
Et lou bon Dieou n'es pa beni.
 Au nom soulé d'espri d'ou monde ,
Sieou penetra , foou que desbonde ,
Es un traite , un indefini ,
Un indigne d'estre beni.
Es deja maudi per Dieou même ,
Poursuiven lou coume anatheme ,
Travaillen à son discredi ,
Afin que Dieou siegue beni.
 Ause ben trata d'imbecile ,
Lei gen que suivoun l'Evangile ,
Tandis qu'cou n'es qu'un pot pourri ,
A l'égard d'un homme beni.
Mai , puisqu'cou leis imbecilise ,
Prouven per sa propre analise ,
Que l'animau qu'entend jà , i ,
Fai micou qu'eou , que Dieou sié beni.
 Monde dounaricou mille vide ,
Per deveni ton homicide ,
Cruel : as fourma tromperi ,
Lou voou prouva , Dieou sié beni ;

La prove ei très-essentielle ;
Poou ben se faire qu'ame zelo,
Traten la donc ; à cor, à cri,
Afin que Dieou siegue beni.

Mondain si poudia ben counestre . . . .
Ce qu'es lou mounde vosto mestre,
D'horrour per cou saria saisi,
Et maudiria ce que beni.
Si gousta ben ce qu'anen dire,
Ben yeun de suivre son empire,
Dirés coume cou vai monde ! fl,
Que Dieou soulé siegué beni.
Cependant coume din lou monde,
Y a, coume disoun, monde et monde,
Vesen dins un detail suivi,
Lou qu'au dei doux sara beni.

* * *

Commence per lei philosophe,
De la sublime et belle estoffe,
Lei plus subtil son trop genti,
Per dire Dieou siegue beni.
D'ailleurs per un nouveau mistere,
Son devengu toutei'matiere,
Et despiei que son abesti,
N'y a plus gis de Dieou per beni.

Lei fiers et orguilloux Athée,
Se plaisoun qu'ei palai dei Féo,
De talei gen savoun beni,
Quo de Venus et d'Adoni.
Reste enfin les semideiste,
Et tau son lei grand casniste,
Qu'an decida, ben esclarci,
Que l'Univers isten beni,

L'homme poou sens gis d'scrupule,
Vieoure à son gra din la crapule,
Sens estre de nouveou beni,
N'y sens creigne un mesaveni,
Fonda sur de nouveux oracle,
Que chacun mé sur lou pinacle,
Qu'an jitta lou plan d'affranchi,
L'Univers d'un mestre à beni.

Per sei production fatale,
Et sei brochures infernale,
Leis impie an tout perverti,
Dieou, lou grand Dieou n'est pas beni.
Et per colora sei blaspheme,
Et donna cours à sei sisteme,
An din la fé tout aplani,
Voloun que tout siegue beni.

Aujourdhei l'homme a dré de veire,
Per se determina de creire,
Ce que me perce et me candi,
Es que lou sacra, lou beni.

La religion, lei mistero,
Lei Libro san, et lei san Pero,
Tout à presen ei sen credi,
Grand Dieou fugués toujour beni.

Pode plus reteni mon zelo,
Leis homme an perdu la cervelle,
N'y a même que son rafouli,
De ce que Dieou n'es pa beni.
Enfin an fini lei mistero,
De vostei chef, nouveou sectairo,
Saven que son estabousi,
Lou bon Dieou n'en siegue beni.

Vous que desfendé sei sistemo,
Rempli d'hourrour et de blasphemo,
Receuillirés per lei beni,
Qu'un esfrouyablo repenti.
Et vou : qu'exalta sa memoiro,
Ternissés voste propre gloiro,
Car vous fai gran tor de beni,
D'horrour que devés abhourri.

Es quasi s'annonça deiste,
Que d'estre son apologiste,
Oui : tout bon chrestian deou blemi,
De n'en parla d'un ton beni.
Et voulé faire son eloge,
Et estre dou martirologe,
Et dou san mot Dieou sié beni,
Lou plu redoutablo ennemi.

Podo pas m'empacha do diro ,
Que son venin es memo piro ,
Que la morsuro do l'aspi ,
Malhur donc en qu'au lei beni.
Non , non , n'y a qu'un picho genie ,
Fourma din sa Philosophie ,
Ou ben qu'auque pauro l'herti ,
Que posque voulé lei beni.

Per vous ; que soustené sa secto ,
Fremissó cabalo suspecto ,
Ben leou sarés enrouveli ;
Et raya dou Libre beni.
Vostei menado à la sourdino ,
Contro la celestou douctrino ,
Irritoun lou Dieou que beni ,
Contro vou : cœur espeloufi.

Ousa combattre l'Escrituro ,
Que Dieou l'autour de la naturo ,
Et Jesus son fils an beni ,
Trembla : la foudro vai parti.
Aveuglo , vostei beoux oraclo ,
Renversa de vosto pinaclo ,
Son leis ayeul de l'antechri ,
La hounte de qu'au lei beni.

L'hourrour de la naturo humaino ,
Mai Dieou per venga son domaino ,
Leissé jamai ren d'impuni ,
Foou que son nom siegue beni.

Eici, foudrié se fondre en larme,
Qu'un vil nean prengue leis arme,
Contre Dieou meme, et que roidi,
Fague refus de lou beni.

Qu'un malhuroux verme de terre,
Ou Tout Puissan fague la guerre,
Qu'empache que Dieou sié beni,
Et per pousqué micou reussi.
Qu'entreine d'autrei creature,
Din sa revolte et seis injure,
Qu'au poou l'entendre sen fremi,
Mai foou que Dieou siegue beni.

Malhur à vous homme à sisteme,
Attaqua Dieou l'Etre supreme,
Lou soul digne d'estre beni,
A son tour vou fara senti,
Tout l'accablan de sa colere,
Ourés beou yé crida bon pere,
Non pourrés plu vou premuni,
Et sarés fourça de beni.
Maugra voste hourrible malice,
Jusque lei co de sa justice,
Ansin aqueou grand Dieou sevi,
Contre qu'au voou pa lou beni.

Homme savan voste sience,
Et voste belle intelligence,
Sen desir que Dieou sié beni,
N'es qu'une flour que se fletri.
Avé d'espri, res lou conteste,
Mai quand n'ourias à plene teste,
Si Dieou per vous n'es pa beni,
Voudrié mieou que n'aguessia gi.

Lou dise ame une sante hardiesse,
Vou que fasé gemi la presso,
La presso vous fara gemi,
Si lou bon Dieou n'est pas beni.
Ni vosteis idée sublime,
Ni la beauta de vostei rime,
Ni voste stile tant flouri,
Ren d'aco saurié vous beni.

Dez que voudrés vous faire gloire,
De la sience ou la memoire,
Sarés en butte et contredi,
Car devé t'y n'estre beni.
Vou : que non savé ni concevre,
Ni poudé pas meme apercevre,
Coume si Dieou non vou beni,
Poudé qu'au crime surveni.

Et vous que savé per pratique,
L'art d'excella din la critique,
De qu'inte dré fasó subi,
Tant ou prophane qu'ou beni,

L'arrest de vosteis axiome,
Quand saria lou plu gran deis homme,
Si vou cresó grand erudi,
Sarés jamai homme beni.

    Voste profonde couneissence,
Selon san Paul, sen la sience,
De noste Seignour Jesu Chri,
N'es ren, foou que Dieou sié beni;
Cependan es toujour utile,
En aqueou que sui l'Evangile,
Mai lou fat que s'enorgueilli,
Empache que Dieou sié beni.

    Un simple Ouvrié din sa boutique,
Qu'a la bonne et sante pratique,
De dire Dieou siegue beni,
Sau mieou qu'un savan qu'es boufli.
Savan qu'aco non vous estoune,
Car n'y a gis d'homme que raisoune,
Que piesque n'en disconveni,
Fasés don que Dieou sié beni.

Riche que fasé din lou monde,
Voulé que chez vou tout abonde,
Et sounga pas meme à beni,
La man que vou lou desparti.

Creso t'y quo la prouvidenco
Vous aguo més din l'oupulence ,
Simplamen per vou diverti ,
Quinto errour ! Es per la beni.

   Que vous a combla de richosso ,
Foou donc ! Que per vostei largesso ,
Aguós en visto d'acqueri ,
De ben dei qu'au Dieou sió beni.
Cependan passa la jouinesso ,
Et beleou memo la vieillesso ,
Din de festo et de picni ,
Vounté Dieou ni res n'ci beni.

   Absourba per vostei despenso ,
De revengu que sont immense ,
L'or brille su vostei lambri ,
Mai lou bon Dieou yés pas beni.
Puisquo vesó , quo vostei rente ,
Podoun pa y estro suffisento ,
Saehés ben qu'en catimini ,
Tau que vous flatte et vous beni

   A vosto insçu vous pindaliso ,
Se moquo , vous ridiculiso ,
Es lou premié de vous honni ,
Vous avió di fugués beni ;
Lorsque mangeavo vosto soupo ,
Et qui vuidavo vosto coupo ,
Mai coumo sen plu de perdri ,
Lou traito yeun de vous beni ,

Se ri de vous et vou bouffone ,
Coum'une tro bonne persouno ,
Lou parasite et lou zini ,
Fan jamai que Dicou'sié béni.
O riche fugués caritable ,
Secouré tan de miserable ,
Que nan souven per se vésti ,
Qu'un triste et vain fugués beni.

Yés dur de veire voste taule ,
Garnide din tou ce que vaule ,
De ce que y a de plus exqui ,
Tandis qu'amun fugués beni
Leis elougna de voste porte ;
Si vous tratavoun de la sorte ,
Segur que vous farien bounidi.
Voste beou mot fugués beni

Es une oumorne sen substance ,
Que ser ren per sa subsistance ,
Yés dur voste fugés beni ,
Tandis que vesoun desservi ,
De plat don vostei doumestique ,
Et vostei chin yé fan la nique ,
N'ai pas , disés : fugués beni ;
Et d'Actrice et de Mondori

Trovoun toujour din voste bourse ,
Un azile et une ressource ,
Que ser vosté fugués beni ,
En de mandian mor à demi.

Que vous demandoun que lei miette,
Que tomboun su vostei serviette,
Ame un air pale alangouri,
Vou cridoun daigna nou beni.

Adoucissé nostei misere,
Cœur dur : sei plague et seis ulcere,
Devrien oumen vou desdurci,
Et vous pourta de lei beni.
Ressembloun quasi de fantome,
Helas ! si sias encare homme,
Cessa de yé dire nani ;
Ouvré la man, sarés beni.

Qu'es ben à plagne aqueou fau riche,
Qu'enver les paure es toujour chiche,
Que duramen lei vei langui,
Sens daigna meme lei beni.
Et que fai d'injuste d'escompte,
Eis Ouvrier que y'outroun sei compte,
O res fai ren per gramaci,
Riche paga, sarés, beni.

Souvenés vou que l'Evangile,
Assure qu'es ben difficile,
Qu'un riche piesque conqueri,
La terre deis homme beni.
Lou Ciel es une recoumpense,
Que se ravi per vioulence,
Foou saupre ben se rapeli,
Per faire que Dieou sié beni.

Et vou din lou christianisme,
Richo, semble que fasé schisme,
Vostei deffau sont applaudi,
Chacun vou flatte et vou beni,
Inaccessible à la misere,
Vou plaisé qu'à la bonno chiero,
La sede et l'or vous revesti,
Et que Dieou siegue ou non beni.

Poou vous ouccupe et vous importe,
Riche pervers de même sorte,
Dieou que dedaigna de beni,
Ben leou vendra per vous ouvri
La porte dou poux de l'abime,
Vounté son bra puni lou crime,
Et vounté Dieou siegue beni,
Jamai plus res pourra l'ousi.

Cridarés : Abraham bon pere,
Un flo cuisan me desespere,
Coumés que pourrai perfourni;
Et qu'au vendra per me beni.
Quinte esfrouyable metaphore,
Souffre une sé que me devore,
Mai vou diran *recepisti*,
Mon bon, foou que Dieou sié beni.

Homme vain que l'orgueil doumino,
Vou qu'oublida vosto ourigino,
Et crelria de vous avili,
De diro Dieou siegue beni.
Tan leou vous figuraria d'estre,
De l'univer coumo lou mestre,
Et voudria tout assujeti,
Tout beou : foou que Dieou sié beni.

Avé beou avé l'amo altiero,
Sia coumo yeou que de poussiero,
Bon gra, maugra, foudra pourri,
Et lou bon Dieou sara beni.
A presen regarda leis homme,
Gairo mai que de vils atomo,
Avè tor de leis amendri,
Car fan mieou que Dieou sié beni.

Din son humble eta de bassesse,
Que ben de Grand din la richesso,
Que vivoun sen Lei, ni sen Rit,
Ni sen beni, qu'au foou beni.
Tou l'Univer semblo pa digne,
De vou pourta, famoux insigne,
Sia semblable ou Rei rabesti,
Que Dieou fourcé per lou beni
De vieure erran, et brouta l'herbo,
Ansin vou, din vosto superbo,
Sares fourça de lau beni,
Et d'exalta vosto descri.

Arou sia fier inaccessible,
Mai vendra lou moumen terrible,
Que fai trembla lou plus hardi,
Alors dirés Dicou sió beni.

Din vostei cruelleis allarme,
Gemirés, respendrés de larme,
Et sarés si fort atupi,
Qu'à peine pourrés t'y beni.
Troubla, sen force, sen courage,
Et la frayour su lou visage,
Tou trembloutan, lou cœur transi,
Creirés qu'es plu tem de beni.
Ansin fermarés la paupiere,
Et vou viraran din la biere,
Coumo l'on vire un pan mousi,
Afin que Dieou siegue beni.
Sus aquo : n'avè ren à dire,
Hor, donc quand ouria mille Empire,
Si Dieou per vou n'os pas beni,
Sia pire qu'un matte bouilli.
Vanté pa tant voste neissence,
Sian toutei de la meme essence,
Si voulé ben vous ennoubli,
Fasé que Dieou siegue beni.

Vou Damo que per la neissence,
Ou l'eclat de voste decence,
Sia toujou preste à concouri,
Au regno de Dicou sié beni.
Ou plus illustre ei voste raco,
Ou mai farés brilla la grace,
En fasen que Dicou sié beni.
Assuramen farés rougi
    La pluspar dei jouinei cervelle,
Deiquale chacun fai nouvelle,
Que fan din nostei lio beni,
La fonctioun dou Basili.
Venoun davan lou Tabernacle,
Coume d'Actrice à l'Spectacle,
Et Dieou soulé yés pas beni,
Car ausoun ben s'entreteni,
    Coume farien per la carriére,
Rougissoun pas de y'estre flere,
Jusque davan lou Crucifl,
Que fan grimace de beni ;
Sont à poou près coume d'idole,
Davan lou gran Dicou que s'immole,
Ou ben dins un esgaroussi,
Qu'ouffense mai que non beni.
    N'y a que de pichotei mournifle,
Que tou bon sen sifle et persifle,
Que piesqu'oun ansin s'espoumpi,
D'empacha que Dicou sié beni.

Sachoun ben que sont que poussiere,
Et qu'aquele vile matiere,
Que leis enfle et leis esbloui,
Es l'hourrour dou Dieou que beni.

    Mei Dame arma vou d'un sant zele,
De Dieou, desfendé la querelle,
Es à vou que foou recouri,
Per faire que Dieou sié beni.
Relevarés voste noublesse,
Quand d'ailleur din voste bassesse,
Dirés perqué Dieou sié beni,
Ecce Ancilla Domini.

    Es digne d'une grande Dame,
Et de l'ardour d'une bellé ame,
De voulé din tou rencheri,
Per faire que Dieou sié beni.
Illustrei fille de Marie,
Per voste belle moudestie,
Et voste exteriour assourti,
Farés que Dieou sara beni.

    Apprendrés ei nouvellei teste,
Que sei parure poou moudeste,
Et lou fard que leis enleidi,
Empachoun que Dieou sié beni.
Yé farés veire que la mode,
Que suivoun meme per methode,
N'es qu'un fantome mau basti,
Douqu'au Dieou n'es jamai beni.

Qu'an tor de mettre la nature,
A la contrainte et la tourture,
Comprendran que per reflouri,
Foou faire que, Dieou sié beni.
Veiran per vosto grand exemple,
Que devoun veni din lou Temple,
Amé fé per se rabouni,
Qu'autramen Dicou yés pa beni.

Qu'es grande aquelle illustre Dame,
Que brulen d'une pure flamme,
Cherquou din tou coume Judith,
A faire que Dicou sié beni.
Que se rappello qu'es chrestiane,
Per counsequen calveriane,
Et que coume talo a souscri,
De faire que Dicou sié beni.

Que yeun d'exalta coume oracle,
Tou ce que ressen l'Spectacle,
L'abhorre, et sau se raffermi
Din l'amour de Dicou sié beni.
Gloire à la Damo caritable,
Qu'es lou soutien dei miserable,
Fara la joie de son mari,
Et y'oubtendra d'estre beni.
Malhur per contro à l'oupulente,
Qu'es insensible à l'indigente,
Poou pa manqua de l'apouri,
Puisque jamai res la beni.

✿

Vou que l'ambition devore ,
Et qu'un air fastuoux decore ,
Vougués ben vou ressouveni ,
Que lorsque Dieou n'es pa beni ,
Leï place leï plu distinguade ,
Sont que de tele d'aragnade ;
Ambitioux vous es predi ,
Que Dieou que voulé pas beni ,

Vous abattra de voste place ,
Coumo une lampe qu'embarrasse ,
Avé vougu vous agrandi ,
Sen cherqua que Dieou sié beni.
Eh ben : veirés que voste poste ,
Voou pas la peine que vou coste ,
Recevrés mille desplesi ,
Per leiqu'au Dieou sara beni.

Sachés ben que din l'Evangile ,
Jesus se compare au reptile ,
Per que son pere sié beni ;
Vesé si voste paroli
Amé aqueou Sauveur adorable ,
A qu'auqu'ouren de ressemblable ,
Vou , recherqua qu'à resplendi ,
Et Jesus cherque qu'à beni ,

Et qu'a glourifia son pere ,
S'abeisse , vieou din la misere ,
Semble voulé se raccoursi ,
Perqué son pere sié beni.

Et vou n'avé din la memoire ,
Que l'ambition et la gloire ,
Que jamai pourrés assouvi ,
Et dont jamai sarés beni.

Non , non fugué jamai d'un homme ,
De courre apres un vain fantome ,
Qu'escapo avan que loù teni ;
Cregué pas que Dieou sié beni ,
D'une semblable petitesso ,
Cresé me suivé la sagesso ,
Fagué plu de salmigoundi ,
Mon Dieou , qu'ouré sarés beni.

Lei mendreis Ouvrier bourgeoisioun ,
Un poou apré gentilhomioun .
Et chasque éta s'embastardi ,
Plu res fai que Dieou sié beni.
Leis homme sont din lou delire ,
Jamai me lassarai de dire ,
Mou Dieou , huroux qu'au vous beni ,
Qu'au vosto amour sau deteni
Din son éta , qu'inte que fugue ,
Que que y arribe, et que qu'eissugue ,
Dieou meme sara son abri ,
Puisque voou que siegue beni.

✿

Vou : marchand que din lou coumerce ,
Fasés d'affaire à la traverse ,
Sen cherqua din voste debi ,
Que lou bon Dieou siegue beni.
Vou : don l'oubjé que vous ouccupe ,
Es de rescountra qu'auque dupe ,
Toujou facile d'endourmi ,
Don lou Dieou que savé beni ,

Es un Dieou d'or et de pistole ,
Douqu'au n'en fasé voste idole ,
Et n'avé lou cœur tou rempli ,
Coume si poudié vou beni.
Paure aveugla , qu'inte ressource ,
Mai su la fin de voste course ,
Cresé t'y que Dieou sié beni ,
D'un coffre fort ansin garni ,

Ei despen de voste droiture ,
Lei man ancare din l'usure ,
Coume es que sarés accueilli ,
D'un Dieou que yeun de lou beni ,
Vou sias attira l'anatheme ,
Insensa , s'aqueste nieu meme ,
La mor ven , et fogue parti ,
Car foou que Dieou siegue beni.

Que devendra voste paure ame ,
Poudé la preserva dei flamme
Que fasen din voste trafi ,
Que lou bon Dieou siegue beni.

Vil interés : maudi fantome ,
Jusqu'à quan seduiras leis homme ,
Qu'au de tu , sau se garanti ,
Empaches que Dieou sié beni..

Desoles toutei lei famie ,
Engendres mille perfidie ,
Res ausou te desoubei ,
Et lou bon Dieou n'est pas beni.
Siés cause que dessu la terre ,
N'y a que division et guerre ,
M'estoune pas si chez Davi ,
Dieou se plan que n'es pa beni.

Si vesen tant de monopole ,
Et si per dex ou vingt pistole ,
L'y a de millier de guilleri ,
Qu'affectoun l'air d'homme beni ;
Tandis que d'ailleur fraudoun , pilloun ,
Trompoun , subornoun et crouspilloun ,
Si n'an pa hounte de menti ,
En disen Dieou siegue beni.

Interés : tu n'en siés la source ,
Es tu que fas coupa de bourse ,
Qu'inventes mille contrepli ,
N'as que de fau Dieou sié beni.
Cruel : en plene couneissence ,
Fas vendre jusqu'à l'innoucence ,
Souven fas encare trahi ,
Jusque lou gran Dieou que beni.

Enfin per tu : n'y a qu'injustice,
Desoulatioun et malice,
N'as plus de frein, as tou franchi,
Jusqu'ou gran mot Dieou sié beni.
Eici mon ardour se rallume,
Quand n'y a dei qu'au guides la plume,
Per faire, helas, lou dirai t'y ?
Que Dieou non siegue pas beni.
Vil interés, tau sont lei crime,
Que reproduises deis abime,
Amé lei qu'au as envahi,
Lou regne de Dieou sié beni.

Vindicatif don la vengence,
Esclate sur la mendre ouffense,
Souvené vous cœur retreci,
Que Dieou fugué jamai beni,
Ni per l'ecla de la colere,
Ni per la haine entre de frere,
Semblable au traite Semëi,
Que maudi ce que deou beni.
Avé lou cœur plus inflexible,
Que lou lion lou plu terrible,
Sourd ci *miserere mei*,
Ama mai n'estre pa beni,

Que de remettre une paraule ,
Que bat les airs et que s'envaule ,
La·Lei de qu'au te fai , fai l'y ,
Es per vou la Lei que beni.

Mai , n'es pa la Lei que vous doune ,
Jesus , que sur la croux perdoune ,
En aqueou poplo incirconci , ·
Que fai refus de lou beni.
Ei bourreou que lou crucifioun ,
Ei scelerat que lou defioun ,
Insolemmen de recouri ,
Ver lou grand Dieou qu'a tan beni.

Oui , oui , Jesus , mouren perdoune ,
Toute la Terre sen estoune ,
Dieou n'es infinamen beni ,
Et vou sia toujou plus aigri.
Estouna toute la nature ,
Per l'imperdon de voste injure ,
Sia coume un homme espavourdi ,
Mai lou Dieou que devés beni ,

Ourdoune en mestre et vou coumande ,
Ben mai , di qu'abhorre l'offrande ,
D'un vindicatif endurci ,
Que fai refus de lou beni.
Metté don bas toute coulero ,
Raproucha vou de voste frere ,
Voste cœur sara relargi ,
Et lou bon Dieou sara beni.

❋

Vou que sous l'air d'un Democrite,
Sias un veritable hypocrite,
Disé souven Dieou sié béni ;
Tandi que sia coume investi,
D'une casaque de magagne,
Et batté toujou la campagne,
Lorsque reellamen s'agi,
De faire que Dieou sié beni.

Vesé que din l'yeu de vosto frere,
Une paillou qu'es que misere,
Que sia toujou prest à groussi,
En disen Dieou siegue beni.
Et vesé pa, tan sia difforme,
Un gro soumié d'un pés enorme,
Qu'es din lou vostre et l'assailli.
Si voulé que Dieou sié beni,

Levas amé une sante hardiesse,
Aqueou gro saumié que vous blesse,
Et don vosto yeu n'es affoibli,
Veirés que Dieou sara beni ;
Et puis apré sen represaille,
Pourrés ana leva la paille,
De l'yeu que voulés abouni,
Toutei doux n'en sarés beni.

Lou justo que vieou de la grace,
Counei ni detour ni grimace,
Fai jamai ren pa meme un i,
Sen cherqua que Dieou sié beni.

Et vou perver voulé parestre ,
Co que non sia ni voulés estro ,
Din l'intention de cucilli ,
Lei fruit propre à l'homme beni.

O Pharisien de caractere ,
Michan cœur , race de vipere ,
Fon gasta , sepulchre blanchi ,
L'yeu perçan dou Dieou que beni ,
Vai mettre au jour voste inconduite ,
Mai coume redouta la suite ,
Voudria tacha de la couvri ,
Per plusieur Dieou siegue beni.

O s'agi pas de n'en proun dire ,
Lou point es de vous interdire ,
Tan de cela et de ceci ,
Qu'empachoun que Dieou sié beni.
Pérqué tan faire de mistere ,
Fooù servi Dieou d'un cœur sincero ,
Souvené vou ben qu'es aqui ,
Lou grand mouyen per lou beni.

Vesen ce qu'es qu'un homme fourbe ,
Es un espri rusa , fin , courbe ,
Que vou di , Moussu , me veici ,
Farai que Dieou siegue beni.
Ensuite usen de sei finesse ,

Trahi son peine sei proumesse ,
Sousten hardimen son desdi ,
Se cacho , fai l'hommo beni.

  Per mille ruse s'insinue ,
Vou fai espera bonne issue ,
Lou sçelera , lou desgourdi ,
Vou parle qu'en hommo beni.
S'annonco qu'en ami fidele ,
Din lou tem que din sa cervele ,
S'estudie qu'à vou messervi ,
Foou t'y que Dieou siegue beni.

  Aqueou grand mot tant ineffable ,
Te serve , ô fourbe , hommo execrable ,
Malhuroux , per te renhardi ,
Cruel , fas de Dieou sié beni ,
Lou mouyen de tei perfidie ,
Siés un ramas de rapsodie ,
Un sac de pli et de repli ,
Digues don plu Dieou sié beni.

  Car siés indigne de lou dire ,
Meritariés que din l'Empire ,
Pareguesse un nouvel Edi ,
Contre tu ; tei Dieou sié beni ,
Per lors , maugra ton air de sage ,
Rendrien un justo temoignage ,
Deploro à presen l'aprenti ,
Dou traite ou mot Dieou sié beni.

O vou que douna d'scandale ,
Merita ben la martingale ,
Empacha que Dieou sié beni ,
Es tem , contre vou foou rugi ;
Voudrié micou que vous ostaquessoun ,
Qu'ensuite vou precipitessoun ,
Et fuguessias enseveli ,
Lou bon Dieou sarié micou beni.
    Et per vous sarié plus utile ,
Car vous ci di din l'Evangile ,
Poudès pa trop lou relegi ,
Puisque lou bon Dieou n'es beni ;
Que si l'yeu vous scandalise ,
La man ou lou pó fasé crise ,
Foou arracha , coupa , confi ,
Per faire que Dieou sié beni.
Aquel oracle ci sen replique ,
S'es pas litteral per pratique ,
Souvenó vou ben qu'es inscri ,
Et que foou que Dieou sié beni.

Me faricou quasi conscience ,
De ren dire à la medisence ,
Vou ; que disé Dieou sié beni ,
Et d'ailleur sia coume esbahi ,
D'aprendro tale et tale cause ,

Don lou prochain n'en fai la clause,
S'agi pas de vous travesti,
Si voulé que Dieou sié beni..

Disé me perqué sen mistere,
Contouroula de voste frere,
Jusqu'ei deffau de son habi,
Cregués pa que Dieou sié beni.
De voste maligne critique,
Non plus que de voste pratique,
A faire de di, de redi,
Es ben encare mens beni.

De vostei cruellei satire,
Ben souven un mot qu'on admire,
De meme qu'un malin souri,
Empachoun que Dieou sié beni.
Escouta ben marride teste,
Sachés que lou Segnour deteste,
Lei faiseur de brouillamini,
Dei qu'au Dieou n'es jamai beni.

La devotion veritable,
Excuse tout, es caritable,
Mai la pieta que medi,
S'en pren ou grand Dieou que beni,
Expluchen nou nous autrei meme,
Beleou sian digne d'anatheme,
Et beleou Dieou vai nou vomi,
Maugra nostei Dieou sié beni.

Bonhur et gloire en aqueou pere,
Que sur la fin de sa carriere,
Poou se flatta d'avé vieilli,
En fasen que Dieou sié beni ;
Que yeun de mettre la discorde,
Din leis enfant que Dieou y'accorde,
Leis ame toutei, lei beni,
Sens egard per un benoni.

Mor din la pax coume Tobie,
Parce que leisse sa famie,
Dins un houstau qu'es establi ;
Sur de ben liquide et beni.
Vous, Fis d'un si grand persounage,
Souvenés vous que son image,
Vostei man devoun l'embelli,
Si voulés que Dieou sió beni.

Un Fis d'un riche caractere,
Et simplei desir de son pere,
S'empresse, court et s'attendri,
Prefere de n'estre beni,
A l'ecla de touto la gloire,
Et jamai sa digne memoire,
De son cœur ren poou l'abouli.
Benhuroux Fis que Dieou beni,

Sia toujour un present ben rare,
Car la plupar son de barbare,
De libertin, d'encrapuli,
Si poou jaloux d'estre beni,

Que la plus negre indifference,
Ei souven la recouneissenco,
De tan de peine et de souci,
Qu'an prés per lei veire beni.

　　Paren, vostei mau sont extreme,
Mai prené vou n'en à vou memo,
Leis eleva couci, couci,
Sen cherqua que Dieou sié beni,
Ni sen veilla sur sa conduite,
Que voulé que fuguon lei suite,
Diguen don plus, ô mais, ô si,
Tout ven que Dieou n'es pa beni.

　　Si la croux vou parei trop dure,
Souvené vou qu'es la mesure,
De la trame qu'avés ourdi :
Hor, afin que Dieou sié beni,
Foou la pourta per penitence,
Et vous arma de patience,
N'ayé plu gis d'autre parti,
Per faire que Dieou sié beni.

　　Foulié din sa grande jouinesse,
Lei fourma selon la sagesse,
Et dins aquel âge flouri,
Y'aprendre Dieou siegue beni ;
Oulio d'un exemple prophane,
Paren cruel que vou condanne,
Foulie vous amé un sens rassi,
Faire que Dieou siegue beni.

En que bon yé rempli la teste ,
De jo , de frisure et de feste ,
Perqué vou , vous rejouveni ,
Tandi que Dieou n'est pas beni ;
Malhur à vou peres et mere ,
Sia sei meurtriés et scis meurtriero ,
Es vou , que leis avés occi ,
Ploura , perqué Dieou sié beni.
Grava ben din voste memoire ,
L'affrouse et deplourable histoire ,
Dou bon et tro bon pero Heli ,
Mort , afin que Dieou sié beni.

Terre , gemis parmi teis Ange ,
Maugra lei divinei louange ,
N'y a que se trovoun desmuni ,
Dou desir que Dieou sié beni ;
Coumen de teste tan celebre ,
Podoun t'y suivre lei tenebre ,
Coumen podoun t'y s'en pali ,
I'a faire que Dieou sió beni..
    O Cieux ! Fugués din la surpresse ,
Vous ! terrou din la tristesse ,
L'or lou plus pur s'es obscurci ,
Et voste Dieou n'es pas beni ;

Univers fugués din l'alarme,
Vou : juste respendé de larme,
Dieou vai se venga sen merci,
De l'homme que l'a pa beni.

　Ah ! Si leis astre dou Ciel tomboun,
Et si lei colomne succomboun,
Tou croule, ruine, demoli,
Mon Dieou per qu'au sarés beni ;
Leis enfant de voste alliance,
Per une fausse confiance,
Sont pa fidele à vou beni,
Et per un malhur inoui,

　Jerusalem n'ei plus ce qu'ere,
Sei voie son plene de mistere,
Tou din Sion s'es affoibli,
Non lou gran Dieou n'es pa beni ;
M'estoune pa si lou Prouphete,
Lamente, souspirou, regrette,
Lou tem ouquau ver Sinaï,
Dieou per Jacob erou beni.

　Ah ! Coume eou si m'ere poussible,
Cridarieou amé un ton terriblo,
Trembla, trembla nouveoux Ophni,
Fasé pa que Dieou sié beni.
Et tout Israël din lou Temple,
Ei consterna de voste exemple,
Craigné que coume à Giezi,
Dieou non vou force à lou beni.

Ministro san , lou vestibule,
De l'houstau dou Segnour se brulo ,
Noble portion de Levi ,
Ploura perqué Dieou sié beni ;
Pareissé din lou Sanctuaire ,
Vené desarma la coulere ,
Dou gran Dieou que n'es pas beni ,
Son bras ei prest à transglouti.

Tou ce qu'es plonga din lou vice ,
Offré lou divin Sacrifice ,
Per sauva lei triste debri ,
Pretre san , Dieou sara beni.
Monta sur la sante montagne ,
Leis Ange qu'ourés per compagno ,
Cantoun deja Dieou sié beni ,
Parla , cinq paraule suffi.

Chere Avignon, que siés hurouse ,
Ta gloire te rendra famouse ,
Teis oints perqué Dieou sié beni ,
Consentirien d'estre maudi ;
Per ton bonhur , chere Patrie ,
Aquelei nouveou Jeremie ,
Cherquoun sen cesse à t'enrichi ,
Dei grand ben de Dieou sié beni.

Si davan Dieou versoun de larme ,
Tei juste calmoun seis allarmo ,
Semblable ei Louis , eis Henri ,
Sa gloire est que Dieou sié beni.

Per son moyen din ton enceinte ,
La pieta poou sen contrainte ,
Faire brilla din ton circui ;
La gloire de Dieou sié beni.

Ministre san , troupo fidelo ,
Qu'es noble vosto illustre zelo ,
Puisque ren poou lou ralenti ,
Per faire que Dieou sié beni.
Pretre sacra d'aqueste Villo ,
Prest à mouri per l'Evangile ,
Canta chaque jour l'introï ,
Ren fai mieou que Dieou sié beni.
Et vou Seignour noste bon pere ,
Conserva voste Sanctuaire ,
Din l'union de vosto espri ,
Et voste nom sara beni.

※

Gloire à la Vierge recueillide ,
Que se ten coume enseyelide ,
Et que parci din lou publi ,
Qu'afin que Dieou siegue beni ;
Es aquele ame ansin cachade ,
Et souven meme mesprisade ,
De laquale lou mounde ri ,
Qu'honore Dieou et lou beni.

Mounde , contre elle siés injuste ,
Mai seis ami saran plu juste ,
Savoun qu'es un vase beni ,
Traite envain voudriés lou sali ;
Din l'interieur de sa retraite ,
Gouste la pax la plu parfaite ,
De joie son ame tressailli ,
Et Dieou , son amour l'a beni.

L'amour de son Expoux celeste ,
Yé fai oublida toù lou reste ,
Sa vide n'es plu qu'un défi ,
De faire que Dieou sié beni ;
Son bonhur es inexprimable ,
Ren eici bas yés comparable ,
Puisque d'avance elle joui ,
Dei fruit de Dieou siegue beni.

Per exprima ce que se passe ,
Din l'ame fidele à la grace ,
Que fai que Dieou siegue beni ,
Res lou poou , foou lou ressenti ;
Vierge , pourtan fugués exacte ,
Poudé pa trop vou rendre intacte ,
Resta chez vou din lou taudi ,
Si voulé que Dieou sié beni.

Es vrai , sia de Jesus l'expouse ,
Mai ben yeùn d'estre glouriouse ,
Foou humblamen vous aminci ,
Dieou deou per vous estre beni ;

4

Vierge fortunade et sacrade ,
Per d'action plu consacrade ,
Tou din vou , jusqu'ou mendre oui ,
Deou faire que Dieou sié beni.

Vosto printem ei la souffrance ,
Et vosto force ei l'esperance ,
Vierge , devé don reverdi ,
Jusqu'ou tem à jamai beni ;
Tené vostei lampo allumade ,
Et fugués toujou preparade ,
Poudé pas trop vous alesti ,
L'Agneou sacra vai vou beni.

O vous ! Qu'une neissence obscure ,
Reten dins une vide dure ,
Paurei gen foou vou rejoui ,
Parce qu'enfin sarés beni.
Que sias huroux , cher paure , d'estre ,
Semblable à Jesus noste mestre ,
Es vrai , lou monde vous haï ,
Mai d'autre part Dieou vou beni.

Bon servitour prené courage ,
Lou calme ven après l'orage ,
Sia sur la croux , Dieou yero aussi ,
Gloire per vou , sarés beni ;

Attendó que Dieou vou restaure,
Alor comprendrés, qu'un bon paure,
Voou mai qu'un riche que regi,
Do ben que Dieou n'a pa beni.

Et vou que sia din la souffrance,
Ranima voste confiance,
Trouvarés force per souffri,
Din lou san mot Dieou sié beni;
Din vostei mau leva la testo,
Lou Ciel vou prepare une festo,
Lou bon Dieou qu'avó tan beni,
Vai vou recevre coume ami.

En attenden que vou couroune,
Escouta l'avis que vou doune,
Continua de lou beni,
Din lei mau qu'avés à y'ouffri.
Vieillar sur la fin de la course,
Lou Ciel vous offre une ressource,
Vostei cœur podqun rejouini,
Disó souven Dieou sié beni.

Voste âge vou ren venerable,
Es vrai, mai sia ben deplourable,
Lorsque vous vesó deperi,
Sen faire que Dieou sié beni;
Sachés què la lampo s'amosse,
Et lou pé glisse ver la fosse,
Sen force enfin sia decrepi,
Et yeun que Dicou siegue beni,

Si lou poudia din la vieillesso,
Saria coume din la jouinesse,
Vieillard , per vou desgrameli,
Fasé que Dieou siegue beni;
Aguó soin de nourri voste ame ,
Dei mouvamen d'aquele flamme,
Afin que voste darnié cri,
Fugue per Dieou siegue beni.

Es doux de ferma la paupiere,
Et de termina la carriere,
En disen Dieou siegue beni ,
Mai foou jadis l'avé beni.
Per vou , que courré la jouinesse,
Souvené vou que la sagesse,
S'aquier, et poou se reteni ,
Qu'en fasen que Dieou sié beni.

Si sia leis enfan de Marie ,
Cherqua ce que la glourifie ,
Sèn jamai la controveni ,
Autroumen Dieou n'es pa beni;
S'amas aquele bonno Mere ,
D'un amour pur , tendre et sincere ,
Poudés humblamen vou gaudi ,
Sias assura d'estre beni.
Veillas , et fugué chaste et sobre ,
Enfin joigné leis bonneis obre ,
Au san mot Dieou siegue beni ,
A la fin sarés rebeni.

O cher Lectour d'aqués Poëme ,
A l'hounour de l'Etre supreme ,
De grace vougués vous uni ,
Per canta de Dieou sié beni.
L'hounour, la glóire et lei louange ,
Joignen nous ei concer deis Ange ,
Yeun d'cici lei cœurs attiedi ,
Qu'empachoun que Dieou sié beni ;
Que leis echo que nous entouroun ,
Et lei lio que nous environnoun ,
Fagoun sen cesse restonti ,
Que lou bon Dieou siegue beni.

   Buven à long trait din la course ,
De la belle aigue de la source ,
Que desaltere et rejailli ,
Din lei jour à jamai beni.
Sarieou ben paga de ma peine ,
Quan n'yourié qu'une cinquantaine ,
Qu'ayen legi Dieou sié beni ,
Sarien pressa per l'apeti

   Et de lou dire et de lou faire ,
Cinquante n'es pourtan pas gaire ,
N'importe, vingt ben assourti ,
A faire que Dieou sié beni ,
Embrasarien toute la terre ,
Dou flo de la divine guerre ,
Non , ren lei farié tempouri ,
Que l'amour de Dieou sié beni.

Si quauqu'un poou pa me comprendre,
Que risque, n'a qu'à l'entreprendre ;
Que fague que Dieou sié beni,
Consente d'estre desconfi,
S'a l'insoulence d'ousa dire ;
Que Dieou pourrié pa yé suffire,
Courage, don cœur armassi,
Fasé que Dieou siegue beni.

Prest à rintra din lou silence,
Lectour excusa mei licence,
Lou dise avan que de fini ;
Voudrieou que Dieou siegue beni ;
Din chaque cœur s'establiguesse,
Et que per tou chacun diguesse,
Sen meme s'estre jamai vi,
Que lou bon Dieou siegue beni.

CANTIQUES

SUR LES

MYSTÈRES DE LA FOI CHRÉTIENNE.

CANTIQUE PREMIER.

Abrégé de la Croyance.

Escouto, Amo devoto,
Une bello instruction,
Qu'en pau de mots denoto
Touto la Religien :
L'y a trés Persounos en un soul Diou ,
La Fó va nous déclaro ;
Lou Pero es Diou , coumo aussi son Fiou ,
Lou Sant-Esprit encaro.
  N'an ges de coumençanço ,
N'y n'auran ges de bout ;
An la même puissanço ,
Soun égalos en tout ;

Aquo s'appello la Trinita ,
Un Diou en trés Persounos ,
Que deven creire émé humilita ,
Ainsi que Diou l'ourdono.

Erian à la cadeno ,
Adam n'avié dana :
Per nous tira de peno ,
Lou Fiou s'es incarna.
Aquo s'es fach au ventro sacra
De Marie touto puro ;
Lou Sant-Esprit va tout opera ,
L'y a ren de la créaturo.

Aqueou Grand Rei de glori
Es nat à miejo nuech ;
N'en fasen la memori ,
Quand meten cacho fuec ;
Un Angi anet dire ei Pastoureou
De l'y ana rendre houmagi ,
En même tems l'Estelo dou Ceou
Avertisset lei Magis.

A viscu sur la terro
Durant trente-trés ans ;
Es mouer sur lou calvero
Lou jour dou Vendre Sant ,
Trés jours après, es resuscita ,
Tout rayounant de glori ;
L'Egliso fa la solemnita
A Pasquo per memori.

Anet trouba son Paire
Quarante jours après ;
L'Egliso nous fa faire
L'Ascension tout exprès ;
Mandet ei sieux soun divin Esprit
Lou jour de Pandecousto ;
Vendra jugea lei bouens, lei marits,
Senso fa ges de sousto.

Avant que nous quitesso,
Per ana au Firmament,
Per usa de largesso,
Leisset sept sacraments,
Lou Batemo, la Confirmatien,
L'Eucharistié per gagi,
La Penitenci, l'Extrem'Onctien,
L'Ordre, et lou Mariagi.

N'y a trés plus necessaris,
Batêmo, Confessien,
Et l'autre, qu'en vulgari
Appelan Comunien ;
Lou premier es tant de necessita ;
Que même dins l'extrêmo,
Touto persouno a la liberta
De douna lou Batêmo.

Fau d'aiguo naturello
Per aqueou Sacrament,
Et non d'artificiello ;
Dire tant soulament :

You ti bateji, Francés, Henri,
Ou Toni, au nom dou Pairo,
Emé dou Fiou et dou Sant-Esprit,
Puis l'y a plus ren à faire.

Si vouestro amo es malauto,
Fez uno Confessien :
Per la fa senso fauto,
L'y fau cinq conditiens.
Songea ei peccas, n'estre ben marrit,
N'en voulé plus ges faire,
Lei dire tous émé un cœur contrit,
Puis aprés satisfaire.

Sian oubligea de creire
Que dins l'Eucharistié,
Jesus l'es tout entié
Ben que se poou pas veiro,
Son Corps, son Sang, sa Divinita,
Son Amo, ô qu merveillo!
En chaque point, en chaque cousta,
Jamai causo pareillo.

L'y a ges d'autro substanço
Dins aqueou Sacramont,
L'y a que la ressemblanço
Dou pan tant soulament.
Ben que partageoun la santo Hostié
En differentos peços ;
Jesus pourtant es per-tout entié,
Rompoun que leis espeços.

Vo vaqui , santos amos ,
Co que chaquo mourtau ,
Per óvita lei flamos ,
Deu saupro coumo fau.
Puis donc qu'avez tant d'oubligatien ,
Fau veire de v'aprendre;
Si frequentas nouestreis Instructiens ,
Vous va faren comprendre.

CANTIQUE 2me.

Explicatien dei Mysteris dou Rousaire.

MYSTERIS JOYOUX.

L'Annonciatien.

Diou fa dire à Marie que va devenir mero ,
En demouran Viergi coumo ero ,
Per un Angi que l'y mandet.
L'humble Viergi li dis , que ben qu'aquo la passe ,
Es servanto de Diou , que ce que voou si fasse ,
Ainsi lou Verbo s'incarnet.

La Visitatien.

Pourtant son Diou, Marie à travers dei campaignos,
Va sur lei plus hautos montaignos
Vers la Mero dou Precursour ,
Transpourtado de joïo , Elisabet benisse
Et Marie , et son fruit ; et sant Joan tresaillisse ,
Din son sein sentet lou Signour.

La Neissenço de Jesus-Christ.

Jesus, qu'avan lou tems es engendra dou Pero,
    Dins lou tems neisset d'uno Mero,
    Dins un Estable sur de fen.
Dins son état nouveau de peno et de souffranço,
D'extrêmo paureta, d'abaissament, d'enfanço,
    Renden-l'y glori, et l'imiten.

La Purificatien.

Marie si purifico en entrant dins lou Templo,
    Non per beson, may per l'exemplo,
    Isten mero dou Créatour ;
Offro son Fiou à Diou, coumo la lei coumando :
Et la pauro, donnant doux ouseux per offrando,
    Rachetto nouestre Redemptour.

Jesus au mitan dei Doutours.

Jesus ayen douge ans, sei parens lou perderoun ;
    Et treis jours apres l'atrouberon,
    Emé de Doutours disputant :
Lei uns l'y respondien, d'autres l'intorrogavoun ;
Lou vesen tant saven per son tems l'admiravoun,
    Coumo poudié n'en sache tant.

MYSTERIS DOULOUROUX
Jesus au Jardin deis Oulives.

Jesus pregant son Pero, accabla de tristesso,
    Voulié, se si poou, qu'éloignesso
    Lou Calici de sa Passien :

Mai de sa voulonta fason un sacrifici,
Que qu'amar que pous qu'estre, accepto aqueou Ca-
    Emé uno entiero soumissien.   [lici,

La Flagellatien.

Livrat entre lei mans d'une troupo insoulento,
    Jesus sur sa chair innocento
    A grand coup de fouit es murtri :
Lou sang, ô peccadour, que d'aqueou corps ruissello,
Per punir leis excés de ta chair criminello,
    Fau que ti pouerte à n'en sourti.

Lou Courounament d'espinos.

Courounoun aqueu Rei, mai d'espinos picantos;
    Et per de raillaries sanglantos
    L'insultoun sur sa Royauta.
Que lei pointos, Signour, que piquoun vouestro testo,
Garissoun nouestrei couers de l'enfluro funosto,
    Que l'y produit la vanita.

Lou Pourtament de Croux.

Jesus, pourtant sa Croux, marcho vers lou Calvero,
    Carga dou courroux de son Pero,
    Et dou pés de nouestrei peccas.
Fau pourta nouestro croux, que passen ounte passo,
Dins lou camin estrech, qu'emé son sang nous traço,
    Fau que lou sieguen pas à pas.

Lou Crucifiament.

Entre doux scelerats , son pople en croux estaquo
Jesus , qu'es l'Aigneou senso taquo ;
Es ansin que moueré per tous.
Qu'émé Jesus mourant, nouestro vieil home expire ,
Et que, coumo a proumés, Jesus vers eou nous tiro ,
Isten éleva sur la Croux.

MYSTERIS GLORIOUX.

La Resurrectien.

Trés jours aprés sa mouer, l'amo au corps reunido ,
Jesus-Christ , revenent en vido ,
Sourtet trioumphant dou tombeou.
Jesus resuscita per la vido immortello .
Fasez que viven plus d'uno vido charnello ,
Et dounas-nous un couer nouveou.

L'Ascensien.

Jesus , quittant enfin aques luec de misero ,
Per ana rejoindre son Pero ,
Monte au Ciel , jusqu'alors ferma.
Jesus quittant la terro, ah! que ton couer la quitte ,
Chrestian , que sies son membre , et dins lou Ciel
Ounte aqueou Chef es éleva.   [qu'habites,

La Descento dou Sant-Esprit.

La Mero de Jesus , sei Disciples , si rendoun
A Jesuralem , ounte attendoun
Lou Sant-Esprit consoulatour.

Aquel Esprit Divin, venen coumo uno flamo,
Produit per sa clarta la lumiero dins l'amo,
   Et l'amour sant per soun ardour.

L'Assomptien de la Santo Viergi.

Coumo fillo d'Adam, fau que la Viergi mouere;
   Mai fau pas qu'en terre demouere,
   Isten Mero dou Creatour.
Qu'à son intrado au Ciel la terro fasse festo;
Que leis homes unis éme la Cour celesto,
   Cantoun d'Hymnos à soun hounour.

Lou Courounament de la Santo Viergi.

Coumo Reino dou Ciel, Marie es courounado
   D'uno glori proportiounado
   A l'etat de Mero de Diou.
Diou l'élevo au-dessus de touto créaturo,
Non a per-dessus ello aquelo Mero puro,
   Que soun Créatour, et soun Fiou.

✝✝✝✝✝✝✝✝✝✝✝✝✝✝✝✝✝✝✝✝✝✝✝✝✝✝✝✝✝✝✝✝✝✝✝✝✝✝

EXERCICE

DURANT LA SAINTE MESSE.

A l'aspersion de l'Eau benite qu'on fait aux Messes solemnelles, ou quand on en prend soy-même.

ASPERGES ME.

Mon Diou , prenés l'Hyssop' et lava mon orduro ;
Fés que commo la neige , ague mon amo puro.

MISERERE MEI.

Vouestro misericorde es grande , ô mon bon Diou ;
Selon qu'a d'estendudo , aguez pieta de you.
Pero , Fils , Sant Esprit , glori vous sié donnado :
Aro et per l'avenir commo es toûjours istado.

Oraison. — EXAUDI NOS , DOMINE.

Escoutas nous , Segnour , Eternel , Tout-Puissant :
Et fazés nous venir doou Ciel un Angi sant ;
Que prengu'à couer lou soin de ce que nous regardo ;
Et contro l'ennemi sié nouestro sauvo-gardo.

5

Depuis Pâques jusqu'à la Sainte Trinité, on dit :

VIDI AQUAM.

Ay vist sourti dou Temple uno aiguo merveillouso,
Venié doou cousta drech , ero fouert abondouso.
Lei gens que n'an begut , sont tous ista sauvas :
N'en diran dins lou Ciel de grands Alleluyas.

CONFITEMINI.

Diguen que Diou es bon, que nous va fa ben veire :
Et que l'es enca may , que non va pourrian creire.
Pero , Fils , Sant Esprit , etc.
L'Oraison : Escoutas-nous, etc. *comme cy-devant.*

Quand le Prêtre est au bas de l'Autel.

L'Antienne , INTROIBO.

You me presentaray à vouestre Auta visiblo :
O Diou que fés ma joyo, et mon plaisir sensible.

JUDICA ME DEUS.

Lequel on ne dit point aux Messes des Morts.

Justo Diou , que vesez la ruso dei meichants,
Sont traites, sont cruels, tira me de sei mans.
Puisque vous sias, mon Diou, ma forco et mon coura-
Per-qué me leissas vous expousat à sa ragi ?   [gi,
Fés me veire , Segnour , que vous me protegeas ,
Permetez me d'intra dins lou luec qu'habitas ;
Et me presentarai à vouestre Auta visiblo ,
O Diou que fés ma joyo , et mon plaisir sensiblo.

Alors vous beniray emé l'harpo à la man ;
Mon amo apeiso-te , per-qué t'afligez tant :
Espero tout de Diou : ay la fermo cresenço ,
Qu'un jour lou beniray , qu'auray sa jouïssenço.
La glori siégo à Diou , Pero , Fils , Sant Esprit ,
Que dins l'Eternita son sant Nom sié benit.

Le Confiteor.

You me confesso à Diou, qu'es tout bon, Tout-puis-
A la Viergi Marió, Mero dou Soulet Sant.   [sant;
A l'Angi sant Micheou , que davant Diou assisto :
A l'Ami dou Souveur , lou grand Sant Jean-Batisto.
A l'Apôtro sant Pierre , à l'Apôtro sant Pau :
A tous leis autres Sants , parce qu'ay proun fe mau.
En paraulo , en action , en desir , en pensado ;
La faute vent de you quand mon amo es tombado ,
Es per aquo que dise eis bons amis de Diou ,
La Viergi et tous leis Sants , de lou prega per you;
Me deou gez de pardon, mai sa bonta qu'es grando,
S'accordara paut-estro en aquello demando.

Le Misereatur.

Lou bon Diou nous pardonne, et nous donne sa Pax;
Et son sant Paradis aprés nouestre trépas.
Quand nous regardarez, Segnour, d'un bon visagi,
Nous mettrez l'amo au corps, nous darez de couragi.

*Quand le Prêtre est monté au côté droit de
l'Autel, il dit un Pseaume.*

BEATUS VIR QUI NON ABIIT.

Ben-huroux es aqueu que deigno pas d'entendre,
Lei discous dei meïchants, ben luen de se l'i rendre;
May que fa son plaisir tant la nuec que lou jour,
De medita la Ley que tenen dou Segnour.
Pero, Fils, Sant Esprit.

Le Kyrie eleison.

Segnour, Segnour, Segnour, ô Diou assistas-nous;
Sias noüestre Creatour, esperan tout de vous.

Le Gloria in excelsis.

Glori à Diou dins lou Ciel, et Pax dessus la Terro,
Eis homes qu'amon Diou d'un couër chaste et sinçero.
Qu'an bonno voulonta, parce que lou Segnour,
Leis a favorisas de son divin amour.
Souffrés Diou Tout-Puissant que vous renden haumagi
Sias lou Pero commun, sian touteis voüestre ouvragi,
Es juste de benir, es juste d'adoura,
Es juste de servir l'Autour que nous a fa.
Et vous, SEGNOUR JESUS, fouguez-nous favorable.
Esperan tout de vous, Sias l'Agneou veritable;
Vous levas leis peccas que lou monde a commez,
Sias lou mediatour, lou Christ souvent proumez.
Vous sias au cousta drech dins la glori doou Pero;
Vous sias lou Souverein dau Ciel et de la Terro;
Vous sias lou soulet Sant, et lou soulet Segnour,
Vous sias lou soulet Grand, digne de tout honnour.

A l'Oraison.

Reconneissen grand Diou que sian dins l'impuissanço,
De faire ren de bon senso vouëstro assistanço ,
Voüestro graci poou tout, donna-nous la , Segnour,
En consideratien de noüestre Redemptour.

A l'Epitre.

Ben-huroux es aqueou qu'es souple à la leeturo ,
Deis Prouphetos de Diou , qu'an parla per figuro ;
Deis Apôtres qu'an vis , qu'an auzi Jesus-Chrit,
Qu'an parla de sa part , qu'an reçu son Esprit.

Au Graduel.

Glori, loüangi à Diou, gracis l'i sien rendudos ;
Amen , *Alleluya* , Segnour vous sont degudos.
N'avés pas fach ansin en tant d'autreis nations ,
Que non vous servon pas , per faute d'instructiens.

Lors qu'on change le Livre de place.

La paraulo de Diou recebe un grand outragi ,
Quand la leissan aqui senso n'en faire usagi ,
Pardonnas-nous , Segnour , l'abus que n'aven fa ,
Vous pregan humblament de nous la pas leva.

A l'Evangile.

Voulon vous Escouta , vous rendre obeïssenci ,
O Jesus Fils de Diou que fés sa complesenci ;
Donnas-nous, s'il vous plaît , d'aureillos per auzir,
Tiras-nous après vous , garda-nous de rougir.

Le Credo.

You crozo an un soul Diou, lou Pero Tout-puissant,
Crozo qu'a fa lou Ciel et la Terro en parlant :
Qu'a tout crea de ren, tant ce qu'es invisiblo,
Commo co que so vez et que nous es sensiblo.
You crozo en Jesus-Chril (et crozo qu'ero na,
Quand lou tems commencet, quan tout es ista fa,
Qu'es Diou sorti de Diou, Lumiero de Lumiero,
Quo tout s'es fa per Eou, n'es la sourço premiero.
Crozo qu'es descendu dou Ciel per nous sauva ;
Quo per l'operatien dou sant Esprit es na,
Quo la Viergi Mario l'enfantet dins l'Establo,
Qu'ansin es ista fach un hommo veritablo,
Quo dau tems de Pilato a beaucop endura;
Qu'es mouёrt sur uno Croux, qu'es ista entara,
Quo lou troisiémo jour marqua dins l'Escrituro :
A reüni son Amo à sa Chair touto puro.
Qu'es monta dins lou Ciel à la drecho de Diou,
Quo revendra jugea tout hommo mouёrt et viou.
Qu'alors sara tout plen de gloiro et de puissunço,
Et son regno n'aura ni fin ni resistenço.
You crozo au sant Esprit qu'es Diou nouёstre Segnour,
Quo procedo d'au Pero, et d'au Fils par amour ;
Qu'adoran commo Diou, quo nous fa toutes viouré,
Qu'inspiret autrei fez lei Prouphetos d'escrioure.
Crozo la Gleiso en tout senso tant resouna.
Puis qu'a reçû de Diou l'infallibilita,

Crezo que sié l'Uniquo et Sancto et Catholiquo ,
Et que degue pourta lou nom d'Apostoliquo.
Confesso que non l'i-a qu'un Batêmo soulet ,
Quo levo lei peccas per lou divin voulet ;
Espero que lei mouërs sourtran de sepulturo :
Espero lou bonheur dé la vido futuro.
Amen, aquo es ansin, va crezo et va creiray ;
Tant comme auray de vido you va confessaray.

Lors qu'on fait l'Offrande.

Vous ouffren de bon couër, ô Puissanco infinido ,
Tout co qu'aven de ben, et d'honnour et de vido ,
Va tenen tout de vous, et s'en voulon servir ,
Quo per vous contenta, quo per vous auboir.

Lors que le Prêtre offre l'Hostio.

Recebés, Pero Sant, aquello Hostio puro ,
Qu'offren per lei peccas, per n'en leva l'orduro ,
L'offren per lei Chrestians que son eicy presens ;
Per lei vious, per lei mouërs, per toutei leis absens.

Quand il met le Vin et l'Eau dans lo Calice.

Accordas-nous, grand Diou, la graci qu'es marquado,
Per l'aiguo dins lou vin , ontés commo changeado ;
Fés qu'aguen toutei part à la Divinita ,
D'aqueou, quo s'est cubert de nouëtro humanita.

Quand il offre le Calice.

Qu'aquello Coupo sié d'une oudour agreablo ,
A vouostro Majesta, quo nous sié profitablo.

Quand il s'incline.

Regardas nouëstre couër humble, souple et contrit ,
Et nous refusez pas vouestre divin Esprit.

Le Lavabo.

Me siou lava lei mans de touto impureta ,
Ansin m'aprocharay, Segnour, de vouestro Auta.

Quand il s'incline au milieu de l'Autel.

Trinita d'un seul Diou que regnas dins la Glori ,
Recebés l'Oblatien que vous fen en memori ,
De ço que Jesus-Chrit est mouërt, resuscita ,
Et monta dins lou Ciel tout plen de Majesta ;
A l'honnour de la Viergi et de tout Sant et Santo ,
Que vesoun dins lou Ciel vouestro faço charmanto ;
Afin que serve en tous, qu'ellei n'aguon l'honnour,
Et n'autrez lou profit per lou même Segnour.

Le Suscipiat.

Que Diou per sa bonta qu'es infinament grando ,
Recebe volontiers aujourduy n'ouestr'Offrando ,
A l'honnour de son nom per nouëstro utilita ,
Et que tous leis Chrestians n'en pouguon proufita.

Durant l'Oraison secrette.

Meritan pas, grand Diou, qu'auzes nouëstro priero;
Crezen qu'escoutarez l'Egliso nouëstro Méro.
Es ello qu'a regla , qu'a santament prescrit ,
Ço que lou Prêtro dis au nom de Jesus-Chrit.

La Préface. — Sursum corda.

Eleven noüestrei coüers vers noüestre Creatour ;
Reconneissen lei dons de noüestre benfatour :
Es ben lou mens, Grand Diou, es juste, es resonable,
D'estre reconneissen quand l'on es redevable.
Mai touca noüestre couër d'un grand ressentiment,
Aprés que recebés noüestre remarciment ,
L'offren per Jesus-Chrit voüestre Fils adourable ,
Qu'an vous ven de sa part non pau qu'estre agreable;
Nous jougnen de concert emé lei Cherubins ,
Angis douminatiens, Thrônez, et Seraphins.
Souffrés donc que diguen ce que disoun sans cesso,
Per lou zelo brûlant que leis pousso et leis presso :
Sias Sant, sias Sant, sias Sant, ô Diou noüestre grand
          Rey ;
En Terro, au Ciel, per tout voüestro Glori parcy.
Cridan tous *Hosanna* per marquo de Victori ,
Au Chrit qu'avés manda, qu'es aro à voüestro Glori.

Le Canon.

Pero bon vous pregan em'un respect profond ,
Au nom de Jesus-Chrit, de benir noüestre don ,
Vous l'offren per la Pax de voüestro Egliso Santo ,
Gardas-la, riegés-la de voüestro man puissanto.

Premier Memento.

Vous l'offren per lou Pape, et l'Evesque, et lou Rey ;
Per tous lei Cathoulis qu'escouton voüestro Ley.

Per tous nouestreis amis, per aquesto assemblado ;
Vous que vesés sa Fé, sa pieta ben reglado,
Es per nouëstro rançon, per nouestro sauvatien ,
Que vous fen tous ensen aquest'immolatien :
L'offren tous de concert en union, en memori ,
De la Viergi Marié Mero d'un Roy de Glori ;
Deis autres Sants que soun au Ciel presentament ,
Apôtres, et Martyrs touteis conjointament ;
Protegeas-nous en tout per sei bonnei Priero ,
En visto doou Sauveur, qu'es mouër sur lou Calvero.

Lors qu'il étend les mains sur l'Hostie et sur
le Calice.

Recebés, l'oblatien, l'aumagi que vous fen ;
Sian tous vouestreis sujets, vous la fen tous ensen,
Afin que nous donnez la Pax dins nouëstro vido,
Et nous mettez au rang de la troupo chausido.

Lors qu'il fait des signes de Croix sur l'Hostie
et sur le Calice.

Prenés nouëstro oblatien, benissés nouëstrei dons ;
Rendés leis accomplis de touteis leis façons.
Fé leis veni lou Corps et lou Sang adourable ,
De nouëstro Redemptour nouëstro Fils tant aimable.
Qu'un soir prenguet de pan, puis en vous remerciant,
Regardet vers lou Ciel, beniguet aqueou pan ;
Lou rompet et diguet ei gens qu'eron à Taulo,
Mangeas eiço es mon Corps, crezés à ma Paraulo.

A l'élevation du Corps de Iesus - Christ :
Il faut se contenter de l'adorer dans
un profond silence.

Lors qu'il prend le Calice.

Tant n'en fet d'au Calice, et diguet bovés n'en,
Eiço es mon Sang, lou Sang doou Nouveau Testa-
  ment.
Sang que sara versa per v'autrez et prond'autrez;
Fasés en ma memori, eiço même entre v'autrez.

A l'élévation du Sang de Iesus-Christ : Il faut
l'adorer de même que l'Hostie dans un
profond silence.

Prieres qui suivent la Consecration.

Es en memori donc, Segnour, do la Passion,
De la Resurrectien, commo de l'Ascension,
Doou même Jesus-Chrit qu'offren lou Sacrifici ;
Doou pan vengu doou Ciel, doou souverain Calici,
Bon Diou, regardas lou, commo avés regarda,
Aqueou qu'Abel lou justo autrei fez vous a fa :
Coumo aqueou d'Abraam qu'avés fa nouëstro Ancê-
  tro,
Et de Melquisedech qu'ero vouëstro grand Prêtro.
Fés que per un sant Angi eiço siégue pourta,
Sur vouestro Auta sublimo et vous sié presenta ;
Afin qu'en communiant, aguen en abondanço,
Toutei lei ben doou Ciel que fan nouëstro esperanço.

2. Memento *des Morts.*

Souvenés-vous dei gens que nous an preceda,
Emé lou Sacrament de la Fé, qu'an garda
Segnour delivra leis dedins lou Purgatori,
De ce que pau garda, qu'intron dins vouestro Glori.

Nobis quoque peccatoribus.

Per n'autreis peccadous fés, Diou plen de bonta,
Qu'emé tous vouestreis Sans aguen soucieta :
Non va meritan pas, n'es que trop veritable,
Fés va per Jesus-Chrit, qu'es Sant, juste, impeccable.

Pendant que le Prêtre fait des signes de croix sur l'Hostie et sur le Calice.

Tous lei bens que nous fés, tous lei bens qu'esperan,
Venon per son canau, passon tous per sa man ;
Per lou mêmê canau, recebés nouëstro aumagi,
Segnour Diou Tout-Puissant, que sias tant bon et
    sagi.

Le Pater.

L'ordre de Jesus-Chrit, son expresso ordonnanço,
Sont la causo qu'aujàn diro emé confianço,
Nouëstre Pero que fez au Ciel vouëstre sejour,
Fés qu'en tout vous pourten lou respect et l'amour.
Que vouestre regno vengue, et non tardo plus gaire :
Que vous aubeïguen commo au Ciel sabon faire.
Donnas-nous, s'il vous plaît, aujourduy nouestre pan :
Pardonnas-nous ansin que n'autrez pardonnan.
Fés quand saren tentas qu'emporten la victori,
Et gardas-nous dou mau : *Amen,* ô Rey de Glori.

Pax Domini.

Diou nous donne sa Pax et la donne en tout tems ,
Afin que lou serven et que visquen contents.

Agnus Dei.

Agneou de Diou es vous que levas lei peccas ;
Fé nous misericordi et donna-nous la Pax.

L'Agnus Dei *pour les Morts.*

Es vous Agneou de Diou que leva lei peccas ;
Donna-li lou repau, et l'eternello Pax.

Oraison devant la communion du Prêtre.

Jesus-Chrît Fils de Diou qu'en mouren sur la Croux,
Donnas la vido au monde et lou rendez huroux :
Fés que per voüestre Corps offert en sacrifice ,
Et vouestre Sang precioux qu'es dins aqueou Calice:
Fugue net de peccas, fervent per vous servir ;
Et non puougue jamai de vous me desunir.

Domine non sum dignus.

Siou pas digne, Segnour, qu'entrez dins ma maison,
Dins un mot que diguez trobe ma guerison.

L'Ecce Agnus Dei, *que le Prêtre dit en montrant l'Hostie aux Communians.*

Aquo-es l'Agneou de Diou que levo lei peccas :
Va creze fermament et non ne douti pas ,
Siou pas digne, Segnour, qu'intrez dins mon houstau;
May que diguez un mot guariray de tout mau.

Quand on va recevoir l'Hostie.

Que lou Corps de Jesus Fils de Diou immortel,
Introduise mon amo au sejour éternel.

Aprés la Communion.

Fes que vous receben, Segnour, dins nouestre couer,
Comme un preservatif de la segondo mouërt.
Beniray lou Segnour, invocaray mon Diou;
Et tous meis ennemis fugiran davant you.

Quand on change le Missel.

Comme un Cerf altera cerquo d'aiguo et souspiro,
Ausin, ô Diou d'amour, mon amo vous desiro.
Per pau qu'ague de pan, ou de vin, ou de meou,
N'auray suffisamment au festin de l'Agneou.

Aux dernières Oraisons.

Que vous rendren, Segnour, per un tau Sacrifice,
Fés que per son moyen fouguen nets de tout vice,
Que visquen santament per mourir comme faut,
Afin que jouïguen d'un eternel repau.

Ite Missa est.

Pouden se retira la Mosso es acabado,
Gracis à Jesus-Chrit, que la instituado.

REQUIESCANT IN PACE.
Pour les Messes des Morts.

Que repauson en Pax, donnas-ly-la Segnour,
Aquello hurouso Pax : aqueou charmant sejour.

Benediction du Prêtre.

Que lou Diou Tout-Puissant, Pero, Fils, Sant Esprit,
Veuillo nous benir tous au nom de Jesus-Chrit.

Evangile de S. Iean.

Lou Verbo qu'es en Diou de touto Eternita,
Qu'ero Diou, per qu Diou a fa tout ce qu'a fa,
Nous a fa leis Enfans de Diou per Adoption,
Quand s'es humilia dins son Incarnatien.

Elevation à Iesus Christ aprés la Messe.

Quand saren dins lou Ciel veiren Diou faço à faço,
Vous que l'y sias monta, preparas-nous la plaço.
Vous sias la Verita, vous sias lou drech camin,
Se vous suivon auren la vido senso fin.

VÊPRES DU DIMANCHE.

Mon Diou ajuda me , poüede ren senso vous ,
Differes pas , Signour , de me douna secours ,
Pero, Fils, Saint Esprit, Glori vous sié dounado ,
Aro, et per l'avenir, comm'es toujour istado.'

PSEAUME 109.

*Ce Pseaume est une Prophetie du Messie que les
Iuifs attendoient , qui a été accomplie en
Iesus-Christ nôtre Seigneur.*

Diou a dich au Messio , asseta-vous mon flou :
Montas dessus mon Trône, et regnas emé you.
Per voüestreis ennemis lei farai ben soumettre,
Dessouto voüestreiz pez lei voüele toutei mettre.
Voüëstre regno que deou dura mai que lou tem ,
Prendra commençament dedins Jerusalem.
Monstrarez vouestro force au jour de vouestre escla.
Vous que sias nat de you de touto eternita.

Sias lou **Prêtre Eternel**, jamai non finirez ,
Commo **Melquisedech** mi sacrifiarez.
Grand **Diou** , lou **Christ** qu'a prez dins lou **Ciel** sa
Fara perir lei Reys au jour de sa venjance. [seance,
Punira lei nations, liaura que morts per chams.
Meitra souto sei pez lei testos dei meichans.
Beoura d'aiguo en camin per poussa sa victori ,
Aprés thriomphara sur son Throne de Glori.
La glori siége à Diou, Pero, Fils, Saint Esprit ,
Que dins l'éternita son Sant Nom sié benit.

PSEAUME 110.

Il contient des actions de graces des bienfaits
de Dieu : on y lotte aussi sa fidélité dans ses
promesses, et la sainteté de ses Commande-
ments.

Me rendrai de bon coüer, ei lués onte si canto ,
Segnour, vous benirai dins l'assemblado santo.
Leis ouvragis de Diou sont plens de majesta ;
Et qu leis amo ben , trobo à l'y medita.
Fan veire sa grandour et sa glori ineffablo ,
Sa grando santela que n'a ges de semblablo.
L'y-a millo monumens de sa grando bonta ,
La manno doou desert a sur tout esclata.
Nous oublidara pas tendra son alliance;
Seis obres nous an fa conneisse sa puissance.
A donnat ei Judious la terro dei Payens ,
Senso l'y faire tort pusqu'es mestre dei bens.

6

Seis Oracles sont tous éternels, immuables,
Fondas en verita, justes; Sants, équitablos.
Après qu'agut remez lou poplo en liberta,
S'es alliat em'éou per ûne eternita.
Es Sant et redoutable, et la vrayo Sagesso,
Consisto à lou servir em'ûne amo soumesso.
Qu gardo ben sa Ley si condus prudemont
Sera combla d'honnour, et vioura longamont.
Pero, Fils, Saint Esprit, glori vous sié donnado,
Aro, et per l'avenir, comm'es toujour istado.

PSEAUME 111.

Il contient la description de la vie et du
bonheur des gens de bien.

Benhuroux es aqueou que cregne lou Segnour,
Qu'affectionno sa Ley, l'estudié nuech et jour.
Diou lou rendra puissant, Diou benira sa raço :
Li dara dins lou Ciel uno fort bouèno plaço.
Sera combla d'honnour, do richesso, de bens.
Parce que sa vertu n'es pas au gra dei vents.
Diou secouris lei sious quand sont dins la disgraci.
Lei soustént dins sei maus, l'y fa luzi sa graci.
Lou justo est ben fasent, presto facilamont.
Ren non pau l'esbranla, si coudus sagament.
Sa memori sera benhurouso, eternello,
S'esfrayara jamais dei marrido nouvello.
Son coüer s'esmau de rén, crés que Diou punira
Toutcis seis ennemis et lou proutegera.

Fa voloutiers l'aumoirno, es tendre, es charitable,
Pratiquo la vertu d'un coüer inebranlable.
Lou meichant fremira de rage en va vesóu :
Mai sei desirs malins li serviran de ren.
Pero, Fils, Sant Esprit, etc.

PSEAUME 112.

*C'est une invitation à chanter les louanges
de Dieu.*

Servitours dau Segnour, jougnés-vous emó you ;
Canten touteis ensen lei loüanges de Diou.
Que son Nóm sié benit, qu'aqueou Nom venerable ;
Nous sié toujours plus beau, et toujours plus aimable ;
Que le nom d'ou Signour sié lauzat en tout luec ,
Au levant, au couchant, et lou jour et la nuech.
Tout poplo l'y-es sujet, sa gloiro es elevado ,
Ben plus haut que lou Ciel, degun la mesurado.
Qu l'egallo en bonta dins son elevatien ;
S'abeisso vers lei gens que sont dins l'afflictien ,
Relevo qu liagrade, et dei plus mespresables ;
Et tiro dau fumié de paurés miserables.
·Lei fa considera, lei plaço au premié rang,
Et son poplo n'a pas degun que sié tant grand.
Accordo qu'auquefez à la fremo sterilo ,
Lou plaisir de se veire une bello famillo.
La glori siége à Diou, etc.

PSEAUME 113.

Le commencement de ce Psaume, contient une
Histoire abregée des miracles que Dieu fit en
faveur des Israëlites , quand ils sortirent de
la terre d'Egypte. La suite est une Priere
pour ceux qui mettent leur confiance en Dieu,
suivie d'une exhortation à 'e loüer et à se
confier en luy.

Quand lou pople de Diou sourtet sett combatré :
Deis mans deis Egyptiens, d'un païs idolâtré.
Diou se l'approprict sur tout'autro nation,
Lou Segnour lou prenguet souto sa protection :
La Mar quand l'aguet vist, leisset uno carriero,
Lou Fluvo doou Jourdein reculet en arriero.
Et lou Mont Sinaï fuguet ben tant surprés,
Que semblet en d'agneaux quand l'esfrai leis a prés.
Mar rougo per fugi, qu'avias que vous couchesse ?
Jourdein per recula, qu'avias que vous poussesse ?
Montagnos, diguas-nous, perqué tremousserias ?
Couëllos, apprenez-nous, perqué ressauterias ?
La presence de Diou faguet trambla la terro ;
Lou grand Diou de Jacob fet gronda lou tounero.
Faguet subitament de la peiro un estang :
Et tiret d'au roucas un ruisseau large et grand ;
Nous leissez pas, Segnour, donna-nous la victori :
Regardez pas qu sian, regardas vouëstre glori.

Afin que les Payens non diguon pas de vous,
Ounté si tent son Diou, l'y donne un beau secours?
Noüestre Diou es au Ciel, es dessus noüestre testo;
Fa tout ce que li plas, ren que sie non l'arresto.
Mai lei Dious deis Payens sont de dious fabricas,
Sont que d'or ou d'argent, leis hommes leis an fas.
An de bouquos, an d'uëils, mai non parlon, ni veson,
S'abuson sottament aquellei que l'y creson.
An d'oureillos que sont dubertes senso auzi,
Sei narinos n'an pas la force de senti :
An des pez, an de mans ; mai li es tout inutilé,
Son gousier es tout sec, es toujours sterilé.
Qu'autant n'en sié Grand Diou deis oubriers que lei
Et de touteis lei gens que se li fisaran. [fan,
Mai per vous Israël mettés voüestre osperance,
En Diou que nous dara toujours son assistance.
N'en dise autant à vous santo Race d'Aaron ;
Es voüestro protectour, esperas en son Nom.
V'autrés que lou cregnés, aguós-li confiance,
Et sentrés lou secous de sa Touto-Puissance.
Lou Segnour si souvent qu'es eou que nous a fa.
Cresen que nous regardo, et que nous benira.
Benira d'Israël la famillo nombroso,
Et la Meison d'Aaron qu'a rendudo famouso.
Benira qu lou cregno, et qu lou serve ben ;
Tant pichots commo grands va rendra tout content.
Diou vüeillo vous donna sei bens em'abondanço.
Et quo vouëstreis enfants n'aguon la joüissanço :

Fougués v'autrés benis doou Grand Diou qu'a tout fa.
Qu'es per tout, que vés tout, que fa tout subsista.
Quo si fa veire au Ciel dins l'esclat de sa gloiro,
Et que nous a donna la terro pour demoüero.
Non seran pas lei morts que vous rendran honnour:
Ni lei damnas, ô Diou, qu'auran per vous d'amour,
Mai n'autrés que sian vious, voulen vous rendre hau-
  magi :
Et vous benir tous tems, ô Diou, tout bon, tout sagi.
La glori siége à Diou, etc.

HYMNE.

La lumiero fuget, Segnour,
Vouestr'ouvragi dau premier jour,
Vous avés regla sajament
L'ordre qu'a dins son mouvament.

Vous avez disposa lou jour
Per sa vengudo, et son retour,
Aro qu'aques s'en va passa,
Vous pregan de nous exaussa.

Garda nous de nous assoupi
Dins lou pecca, de l'y croupi :
Tenés nostro esprit arresta,
A contempla la verita.

Fés qu'emporten aqueau beau prix,
Que recebon en Paradis,
Leva nous tout empachament,
Neteja nous entiérament.

Touto adorablo Trinita,
Que regnas dins l'éternita,
Accorda-nous, vous en pregan,
La graci que vous demandan. Amen.

CANTIQUE DE LA SAINTE VIERGE.

Mon amo rende à Diou immortel, invisible :
Glori, loüango, honnour, autant que li es possible.
You non mi senti pas quand pense à mon bonheur,
Mon esprit es ravit quand songe à mon Sauveur.
Touto pauro qu'you siou, Diou m'a fa son Espouso,
Dins lei siecles suivans diran que siou hurouso.
Qu non admirarié lei merveillos qu'un Diou
Tout-puissant et tout sant, vén de faire dins you.
En tout tems sa bonta si monstro liberallo,
Ei gens qu'an dins lou couër sa crento filiallo.
A desplega dins you la force de son bras,
A prés leis orgueilloux, les a tous més à bas.
A destrouna lei Grands que tant fort se vantavon ;
A piei més lei pichots ei plaços qu'occupavon.
Lei paurés affamas n'an reçeu millo bens ;
Dins lou tems qu'a ru...a de riches opulens.
S'es enfin souvengut de son titre de Péro,
Et retire Israël d'au paure estat ont'ero.
Selon qu'avié proumés per tems à Abraham,
Ven teni sa paraulo, et sauva seis enfans.
Pero, Fils, etc.

Oraison.

Recouneissen, Grand Diou, que sian dins l'impuis-
De faire ren de bon senso vostre assistenço.   [sanço,
Vouëstro graci poou tout, donna nous la, Segnour,
En consideratien de nouëstre Redemptour. Amen.

CANTIQUES

SUR LA FÊTE DE NOEL.

I⟨er⟩ CANTIQUE.

ARRIVÉE DE ST. JOSEPH ET DE LA STE VIERGE EN
LA VILLE DE BETHLÉEM.

St. Joseph.

Hoou de l'houstau, mèstre, mestresso,
Varlet, chambriero, ça y a res ?
Ai deja piqua proun de fes,
Degun noun vèn , quinto rudesso !

L'Hoste.

Me siou deja leva tres cops ,
Si eiço duro dourmirai gaire ;
Qui piquo à-bas, qu'es tout aquò ?
Quau sias, quo voulez, que fau faire ?

St. Joseph.

Moun bouen ami , prenez la peno
De descèndre un pau ciça-vau ,
Voudrian lougea dins voueste houstau ,
Iou soulament emé ma femmo.

L'Hoste.

V'autres sias de troublo-repau ,
Sias d'aqueleis batteurs d'estrado ,
Que soungeas rèn qu'à faire mau ;
Adiou-sias , ma pouerto es sarrado.

St. Joseph.

Nazarèth es nouesto patrio ,
Et sian pas taus que nous cresez ;
Siou fustier, m'appèlli Joousè ,
Ma femmo s'appèllo Mario.

L'Hoste.

Ça y a proun gèns, voueli plus res ;
Diou vous doune millou fourtuno :
Si me cresez, demandarés
Ount'es lou lougis de la luno.

St. Joseph.

Retiras nous que que nous coste ,
Lougeas nous dins lou galatas ;
Vous pagaren noueste repas ,
Coumo si crian en taulo d'Hoste.

L'Hoste.

Voueste soupa sera mau cuech,
Cresez que farés pauro chiero;
Car, per segur, aquesto nuech,
Vous lougcarés à la carriero.

St. Joseph.

Nous tratés pas d'aquelo sorto,
Helas, vesez lou tèmps que fai:
Ouvrez nous, s'istas gairo mai,
Nous troubarés mouerts à la porto.

L'Hoste.

Voueste mouillè me fai pieta,
Et me rènde un pau plus tratable,
Vous lougearai, per carita,
Dins un pichot marrit estable.

Si on est curieux de sçavoir comment ce qui fait
le sujet du précédent Cantique a été traité autrefois
par les fameux Confreres de la Passion, qui repré-
sentoient à Paris nos saints Mysteres avec privilege
de Charles VI. du quatrieme décembre 1402, on
n'a qu'à lire le morceau suivant.

« Marie et Joseph arrivent à Bethléem : Abias,
« qui les accompagnoit, fait ce qu'il peut pour leur
« trouver un logement ; il s'adresse au maître d'une
« Hôtellerie, et lui demande une chambre si petite
« qu'il voudra ; ce maître nommé Joas les reçoit
« fort rudement, et leur dit :

Vous n'y povez, croyez-vous pas,
Et quant place pour vous auroye,

Je ne vous y logeroye :
Ce n'est pas ici l'Ospital ,
C'est logis pour gens de cheval ,
Et non pas pour gens si meschans (1) ;.
Allez loger emmy (2) les champs ,
Et vuidez hors de ma maison.

« Enfin après bien des prieres et des supplica-
« tions, Joas, par importunité , leur permet de se
« loger dans un vieux appentis à moitié découvert,
« et qui ne ferme point : Marie et Joseph sont
« forcés de s'en passer , et ils entrent avec la Bour-
« rique qui avoit amené la Sainte Vierge , et avec
« le Bœuf dont ils s'étoient pourvûs pour le vendre
« en cas de besoin. *(Hist. du Théatre franc.)*
Si l'Auteur de notre Cantique a pris ces Vers
pour modele, il faut avouer que la copie est ici bien
supérieure à l'original.

2ᵉ CANTIQUE SUR LA FÊTE DE NOEL.

NAISSANCE DE NOTRE SEIGNEUR JESUS-CHRIST.

Lou queitevié d'aqueou marrit estable
A Sant Joousè fet souleva lou couer ;
Ero tant sale et tant espouventable ,
Que lou paure homme penset toumba mouert.

(1) *Si mal équippés.* (2) *Parmi.*

Lou desplesir, lou tracas, la tristesso,
La pudentour, la nuech, lou marrit tèmps,
La fan, lou set, lou frech et sa feblesso,
Fougueroun causo d'aquel accidènt.

La tressusour mountet sur son visagi,
Et chaque peou li fasié son degout;
Sènso la Viergi, aurié perdu couragi,
Que l'eissuguet em soun moucadou.

Et li diguet, you qu'ai lou couer plus tèndre
Resisti à tout, et noun me faou de rèn;
Que vous fougués lou premier de vous rèndre,
Certo, Joousè, que n'en diran leis gèns.

Tout aussitôt Joousè prenguet haleno,
Se remetet, et parlet quant-et-quant;
Un pau après, sèns doulour et sèns peno,
Ello accouchet d'un fouert poulit Enfant.

Les Confreres de la Passion, dont nous avons parlé ci-dessus pag. 91, ont traité un peu différemment cette entrée des deux Epoux dans la pauvre étable : car après avoir dit qu'*étant forcés de s'en passer, ils s'y accomoderent du mieux qu'ils purent ;* ils ajoutent que *Marie ayant recommandé à Joseph d'avoir soin de leurs animaux, Joseph lui répondit ce qui suit.*

Ils sont très bien liés tous deux ;
Mais ici, en droit ceste bresche,
Leur feray une belle cresche,
Avant que je fasse départ,
Pour mettre leur mangeaile à part.

Ils seront très-bien ordonnez :
Or, vous tournez, Bauldet, tournez
Le muzeau devers la mengeoire ;
Vous avez bien gagné à boire,
Car peine avez eue à foison.

Observons ici que de tous les temps ç'a été l'usage de chanter la Naissance de Notre Seigneur Jesus-Christ, avec une naïveté et une certaine gayeté, qu'on a cru sans doute autorisées par l'enfance d'un Dieu-homme, et par cette extrême joie à laquelle un Ange lui-même nous invite, en cette occasion, dans le Saint Evangile : *Ecce enim annuntio vobis gaudium MAGNUM quod erit omni populo.* Luc. c. 5. v. 10.

3ᵉ CANTIQUE SUR LA FÊTE DE NOEL.

Sur l'air : *Lou Roussignoou sauvagi.*

Extrait du manuscrit 65g de la Bibliothèque publique de la ville d'Aix.

Gay Roussignoou sauvagi,
Vous que canta tan ben,
Ana vous en,
Ana faire un messagi
En Betleen,
Ei pastres d'oou Vilagi.

Lou Roussignoou sauvagi,
Davan que de parti,
    E' m'apeti,
Remplisset son gavagi,
    Per non pati ·
De fam din lou vouyagi.

Lou Roussignoou sauvagi,
Se pauso en arriben,
    Gai et content,
Su lou plus haut estagi,
    En gasouillen,
Coumenso son messagi.

Pastres d'aquest vilagi,
Jesus es prés de vous,
    Que sias hurous,
D'estre a son vesinagi;
    Anas li tous
Vite li rendre hooumagi.

A lou plus beou visagi,
Que jamai fugue isla,
    En verita.
Quan l'aures vis un viagi,
    De lou quita,
N'aurez plus lou couragi.

Ven tira d'esclavagi
Lou paure genre human ,
   Que sufre tan ,
Que si poou davantagi ;
   Aro Satan,
Per fouerço sera sagi.

Poou plus fa davantagi,
Lou Fiou de Diou es nat ,
   L'a encadenat.
Autreis fes fasié ragi ,
   Aro es anat
Cerca qu'auqu' hermitagi.

Gai Roussignoou sauvagi ,
Se nous abrivavias ,
   L'apagarias ,
Vous non serias pas sagi ,
   Et passarias
Per un auceou voulagi.

Vous juri et vous engagi
Mon nis , lei pichouns qu'ai ,
   Que disi vrai ,
Mon cant et mon plumagi ,
   Que voules mai,
Encare mon bouscagi.

N'a per soun retiragi,
Un estable puden,
    Li souffre ben.
Fai soun aprentissagi,
    Car en mouren,
Souffrira davantagi.

Vautres que gagnas gagi,
Fes li quauque presen,
    Li perdres ren ;
Aures toujour d'herbagi,
    Jamai la den
D'oou loup fara carnagi.

Si benis lou meinagi,
Aures vouestre troupeou,
    Toujours plus beou,
Proun la... et proun froumagi,
Et proun d'agnéous,
    Jamai de mourtalagi.

Sur tout iou vous presagi
Que so li sias devos,
    Grans et pichots,
Aures soun'heiritagi,
    Mai leis bigots,
Auran lou mau passagi.

N'es pas un badinagi ,
Lia ren de plus seriou ,
 L'esprit de Diou ,
Vous rendra temouignagi ,
 Que ce que diou ,
Es son plus grand ouvragi.

Dires que gran dooumagi ,
De veire un Diou pauret ,
 Et alegret ,
Un Rei sens'equipagi ,
 Senso varlet ,
Senso lacai ny pagi.

Per iou ai l'avantagi
De li faire ma cour ,
 D'abor qu'es jour ,
Li disi à moun lengagi ,
 Sias creatour
Doou Roussignoou sauvagi.

Dessoute mon feuillagi
Siou toujous plus conten ,
 Mi manque ren ,
Car Diou qu'es bouen et sagi ,
 Pens'autanben
Au Roussignoou sauvagi.

Miou cuber de plumagi,
Que Diou de soun manteou .
  Dins un ruisseou,
Trobi moun abuouragi,
  Un vermisseou ,
Mi ser de companagi.

Quan siou las d'un rivagi ,
Que changi de pais ,
  Jamai coumis
M'arresto à mon passagi,
  Et pagui gis
De douano ni de peagi.

Conten de mon partagi ,
Messies leis avocas
  Mi plumon pas.
Ai la pas doou meinagi ,
  Et dei souldas
Creigni pas lou pillagi.

Si de vouestre bas agi
N'ooufensavias pas Diou ,
  Non plus que iou ,
Pusque sias soun imagi ,
  Serias ben miou ,
Qu'un Roussignoou sauvagi.

Lou Roussignoou sauvagi,
Cantan, un cat venguet,
Eou lou veguet,
Aguet un pau d'ombragi,
Mais n'en sachet
Us, gagnet lou bouscagi.

4ᵉ CANTIQUE SUR LA FÊTE DE NOEL.

ENTRETIEN DE L'ANGE AVEC LES BERGERS : DÉPART
DE CES DERNIERS POUR L'ETABE DE BETHLÉEM,
ET LEURS DISCOURS AU SAINT ENFANT JESUS ET
A LA SAINTE VIERGE.

L'Ange.

PASTOUREOUX d'aquesto countrado,
Courrez leou, ça despachas vous ;
N'es pas tèmps d'èstre dourmilloux,
Lou jour parei, l'aubo es levado ;
N'es pas tèmps d'èstro dourmilloux,
En Bethelèm fau que vous rendés tous.

Les Bergers.

Sur la capo au soou osfendudo ,
Soulament se sian revessas ;
Sian pa'enca doou souen arrapas ,
Et déja dien , l'aubo es vengudo :
Sian pa'enca doou souen arrapas ,
Et nous vesèn de lumiero entouras.

L'Ange.

Noun es pas l'estèlo paounniero
Qu'aujourdui devez counsulta ;
Vèn d'ailleurs aquello clarta ,
La tèrro a produit sa lumiero ;
Vèn d'ailleurs aquello clarta ,
En Bethelèm lou Souleou s'es leva.

Les Bergers.

Escouten et durben l'aureillo ,
Hai , Bargiers , qu'es co qu'entendèn !
Que voou dire la voix qu'ausèn ,
Es un Angi que nous reveillo ;
Que voou dire la voix qu'ausèn ,
Voueste Sauveur es nat en Bethelèm.

D'autreis voix fan emé aquel Angi
De councerts que soun encantas.

Les Anges. A Diou glori au Ciel, les Bergers. Es-
D'aqueleis voix lou doux melangi !   [coutas !
Les Anges. A Diou glori au Ciel, les Bergers. Es-
coutas !
Les Anges. Et sur la tèrro eis hommes sié la pax.

L'Ange.

O Bargiers, l'hurouso nouvèllo
Qu'à la tèrro et au Ciel fai gau !
L'immourlèl devengu mourtau,
L'homme coupable au Ciel rappèllo ;
L'immourtèl devengu mourtau
Vèn vous garir de touteis vouesteis maux.

Les Bergers.

Anen dounc per li rèndre hooumagi,
Quitten tout, despachen nous lcou ;
Aura souin de nouests troupeou,
Li sera ges fach de dooumagi ;
Aura souin de noueste troupeou,
Fara juga lou loup emé l'agneou.

Au Saint Enfant Jesus.

L'y a longtèmps que l'homme coupable
Attendié de vous-soun salut ;
Sias enfin doou Ciel descendu
Dins uno chècho, en un establo ;
Sias enfin doou Ciel descendu,
Eimable Enfant, siegués lou bèn vengu.

Sian cici n'autres paureis Pastres,
L'y venèn per vous saluda ;
Mai, bcou Fiou, que sias mau lougea,
Vous dount loù Trôno es sur leis astres ;
Mai, bcou Fiou, que sias mau lougea,
Vous dount la voix de rèn a tout créa.

Coumo sias , noueste aimable Mèstre ,
Dins aquest miserable endrech :
O grand Diou , sias bèn à l'estrech ,
N'autres pourrian pas plus mau estre ;
O grand Diou , sias bèn à l'estrech ,
Sias tout jala et perissez de frech.

Nous disien qu'à vouesto neissenço ,
Jamai plus manquarian de rèn ;
Cepandant , n'avez pas grand bèn ;
Naissez paure et dins l'indigènço ;
Cepandant , n'avez pas grand bèn ,
Ou noun es pas d'aqueleis que vesèn.

Attendian un Rei redoutable ,
Dins l'esclat et dins la splandour :
Et vesèn un Enfant d'un jour ,
Sur la paillo et dins un estable ;
Et vesèn un Enfant d'un jour ,
Que nous enseigno à fugir la grandour.

Disez rèn , sagesso eternèllo ,
Mai , tout parlo en vous per action ;
Coundamnas en tout l'ambitien ,
La vido mouelo et sensuèlo ;
Coundamnas en tout l'ambitien ,
Et per leis bèns doou mounde l'affection.

Fez nous part de vouesteis largessos ,
Deis vrais bèns ramplissez nous tous ;
Que sieguen humbles coumo vous ,
Que cerquen ges d'autreis richessos ;

Que sieguen humbles coumo vous .
Et deis plesirs deis sens destacas nous.

Puissant Rei que venez de naisse ,
Et que sias descendu doou Ceou ,
Istèn Pastre aussi-bèn qu'Agneou ,
Counduisez-nous ; menas nous paisse ;
Istèn Pastre aussi-bèn qu'Agneou ,
Fez que sieguen de voueste huroux troupeou.

A la Sainte Vierge.

D'aqueou Fiou ô Mèro benido ,
Qu'es proufound voueste estounament ?
Admiran vouesteis sentiments ,
Davant cou sias touto ravido ;
Qu'es proufound voueste estounament ?
Noun disez pas un mot tant soulament.

S'entournan din noueste terraire ,
Voulèn pas vous mai destourna ;
Vous pregan , avant s'en ana ,
Marié , de nous servir de Maire ;
Vous pregan avant s'en ana ,
A voueste Fiou de nous recoumanda.

5ᵉ CANTIQUE SUR LA FÉTE DE NOEL.

RÉCIT DU DÉPART DES BERGERS ET DE LEUR ARRIVÉE
A L'ETABLE DE BETHLÉEM.

A quel Angi qu'es vengu,
Et que nous a paregu,
A dich per tout lou terraire,
Que lou Fiou de Diou es na
De Mario Viergi-Maire,
Dins lou jas abandouna.
  Helas, v'ounté soun lougeas !
Fai trambla de l'y soungea :
Iou, que counouissi l'estable,
Sabi que vau mens que rèn ;
Es un lioc abouminable,
Si n'y a ges en Bethelèm.
  Dabord avèn dich d'ana
Veire aquel Enfant qu'es na :

Iou emé leis autreis Pastres
Avèn leissa lou bestiau ,
Que Diou garde de desastre ,
L'y sian ista dins un saut.

Avèn trouba Sant Joousè
Qu'escoubavo emé lou pè :
Aussîtôt nouesteis houlettos
Que pourtavian sur lou coou ,
Nous an servi de palettos ,
Per li neteja lou soou.

Joousè lou bouen Seigne-gran
Nous a fa veire l'Enfant ;
Capeou bas , la testo nudo ,
A ginoux , en grand respèct ,
Li avèn fach la bèn-vengudo ,
Et li avèn beissa leis pès.

6e CANTIQUE SUR LA FÊTE DE NOEL.

Imitation du fameux Noel latin de Mr. CAMPRA.

———

Un Berger.

Tantia , Guilleoumo ,
Noun sçai que m'imagina
Doou Messias ;
Helas , qu'attènde
De nous venir delivra ? *(Fin.)*
Dins la naturo
Tout es languissènt ,
Leis flours en naissèn
Moueroun tout d'un tèmps ,
Leis fourèsts n'an plus ges de verduro :
Tantia , etc..

Un autre Berger.

Jean , noun te faches ,
Perque sies tant mesfisènt ?
Quauquarèn
Me dis , Guilleoumo ,
Sera eici dins pau de tèmps ,

Per lors , que joyo !
L'herbo dins lei prats
Jamai secara ,
Lou meou et lou lach
Coularan de dessus leis mountagnos :
Jean noun , etc.

Tous les Bergers.

Diou vous adugue ,
Vous qu'avè'sta destina
Per sauva
Tout noueste pople ,
Sabez qu'es mau adouba. *(Fin.)*
O Ciel , ô tèrro ,
Qun nous dounara
Lou tant desira
Que deou termina ,
Per toujour , toutos nouesteis misèros ?
Diou vous , etc.

Un Berger.

Bargiers , ça prenez vouesteis fifres, *bis.*
Assajas vouesteis plus beoux airs ;
Preparas vous à bèn recebre
Aqueou que vèn sauva tout l'Univers. *bis. (Fin.)*
Que leis bèns qu'adurra sur tèrro
Sien lou sujèt d'aquest councèrt ;
Reveillas l'echo que repauso
Dins leis antros d'aquest desèrt. } *bis.*
Bargiers ça , etc.

Tous les Bergers.

Que spectacle! que fuec! *bis.*
Quinto grando clarta au mitan de la nuech!
Que spectacle! que fuec! *bis.*
Quinto grando clarta se respènde en tout luec!

Un Ange.

Bargiers de la Judéo,
N'agués pas ges de poou,
Vous pouerti uno nouvèllo
Que chacun fara gau:
Dedins un paure estable
Dou luec de Bethelèm,
Lou Messias vèn de naisse
Courrez l'y proumptament.

De poou de vous mesprendre,
Escoutas bèn ciço:
Dedins de paureis linges
Troubarés lou pichot,
Coucha dins une crècho
Que l'y serve de brès;
La pax sié sur la tèrro,
La glori dins lou Ciel.

Un Berger.

Anen vite jusqu'en Bethelèm, *bis.*
Anen leou veire *bis.* aqueou Rei que nous es nat,
Que lou Seignour mando à la tèrro, *bis.*
Anen vite, etc.

Tous les Bergers.

Anen , anen Pastres , Pastressos ,   }
Anen tous jusqu'en Bethelèm.   } *bis.*

Seul. Anen leou , anen tous ensèn ,
Qu'à nous suivre chacun s'emprèsse ;
Anen. *Tous.* Anen Pastres , Pastressos ,
Anen tous jusqu'en Bethelèm. *ter.*
Seul. Anen , anen Pastres , Pastressos ,
Et canten de chants d'alegresso ;
Anen. *Tous.* Anen tous jusqu'en Bethelèm. *bis.*

Un Berger.

Hai , bel Enfant, helas coumo vous vesi !
Moun Rei, moun Diou, moun Sauveur, dins un jas
Dubèrt de toutos parts !
Un pau de paillo !
Quauqueis buscaillos !
Un Buou , un Ai soun à vouesteis coustas !
Foussias , au mens , vengu dins nouesto granjo ,
Vous l'y aurian bèn un pau mies entreina :
Mai , coumo sié qu'enfin Diou vous ague manda ,
Sias lou bèn arriba.

Un Berger.

Sautas , moutouns , *bis.*
Cantas, *bis* ausseoux, cantas, que tout sié dins la joua.
Que de ruisseoux de lach arrosoun leis campagnos,
Que doou found deis roucas lou meou couele ampla-
                ment :
Cantas, ausseoux, cantas, que tou sié dins la joua ,

Que millo flours curboun la tèrro, *bis*.
Et leis fourèsts siegoun vèrt'en tout tèmps.
Sautas, moutouns, *bis*.
Cantas, aussooux, cantas, que tout sié dins la joua,
Sautas *bis* moutouns, sautas, que tout sié dins la joua :

Les Anges.

Fourmas leis plus charmants accords, *bis*.
Cantas Bargiers,
Cantas Bargicros,
Un Diou a parcissu, un Diou fai, en tout luec,
Brilla seis favours les plus chieros ;
Cantas Bargiers,
Cantas Bargicros,
Fourmas leis plus charmants accords, *bis*.

Les Bergers.

Fourmen leis plus charmants accords, *bis*.
Canten Bargiers,
Canten Bargicros ;
Un Diou a parcissu, un Diou fai en tout luec
Brilla seis favours leis plus chieros :
Fourmen les plus charmants accords, *bis*.

Les Rois Mages.

Avèn vis, dedins l'Ouriant,
Un Astro brillant,
Que nous fa cerca un nouvèl Enfant.
L'aurias rèn vis ?

Les Bergers.

Si, ve l'eici.

Un Roi Mage.

Hai , sias vous ,
Enfant tant doux !
Vous adouran tous ;
Et vous ouffrèn
Noüesteis presènts :
Soun d'encèns , de myrro emé d'or.
Noüesteis couers , emé noüesteis corps.

} *bis.*

Les Bergers.

Gais flajoulets , douços museltos , *bis.*
Celebras lou bounheur doouquau anan jouir.
Gais flajoulets , douços museltos ,
Celebras lou bounheur doouquau anan jouir.

Les Rois Mages.

Battez tambours , sounas troumpellos ,
Battez tambours , sounas troumpellos.

Les Bergers et les Rois Mages.

Foucro , fouero tristesso ,
Se fau tous rejouir.

} *bis.*

Les Bergers.

Gais flajoulets , douços museltos , *bis.*
Celebras lou bounheur doouquau anan jouir.

Les Rois Mages.

Battez tambours , sounas troumpellos ,
Battez tambours , sounas troumpellos.

On voit bien que l'auteur de cette Imitation doit être un ennemi déclaré de la gêne et de la contrainte, par la liberté qu'il s'est donnée dans plusieurs de ses rimes, qui ne sont rien moins que riches, et pour lesquelles il s'est souvent contenté d'une uniformité de son seulement, laquelle même ne s'y trouve pas toujours. Il n'a pas craint encore de négliger quelque part jusqu'à la cadence du Vers, pour adapter ses paroles à certains morceaux de musique qui lui ont plû. Néanmoins malgré ce défaut de méchanisme poétique, que bien des Sçavants excusent sans peine, et par leur autorité et par leur exemple (1), le naturel, la naïveté, la joyeuseté des pensées, dont la liaison a paru former un tout assez agréable, et rendre assez bien l'admirable dessein de l'original, la beauté des chants, la singularité de celui des Rois qui nous est venu de Siam par la voie de Mr. de la Loubere; tout cela ensemble nous a fait croire que cette composition pouvait occuper une place dans ce recueil.

(1) Mr. de Fénelon, (dans sa lett. à l'Acad. Franç.) désire qu'on mette nos Poëtes un peu au large sur la rime; Mr. l'abbé Gedoin (dans l'hist. de l'Acad. de litt. tom. 12.) et Mr. l'abbé Massieu (dans celle de la Poés. Franc.) l'appellent *puerilité et badinage;* d'autres nous assurent que Phedre se soucioit peu d'observer les règles de la quantité, et qu'Homere lui-même les a négligées jusqu'à trois fois dans le premier Vers de son Iliade.

7ᵉ CANTIQUE SUR LA FÊTE DE NOEL.

DÉTAIL CIRCONSTANCIÉ SUR LA NAISSANCE, LA VIE,
LA PERSONNE DE NOTRE SEIGNEUR JESUS-CHRIST,
ET SUR LA SAINTE VIERGE ET SAINT JOSEPH.

N'AUTRES sian tres Booumians
Que dounan la boueno fourtuno ;
N'autres sian tres Booumians
Qu'arrapan per-tout ounté sian :
Enfant eimable et tant doux ,
Bouto , bouto aqui la croux ,
Et cadun te dira
Tout ce quo t'arribara ;
Coumenço , Janan ,
Cepandant ,
De l'y veire la man.   *bis.*

Tu sies , à ce que viou ,
Egau à Diou ,
Et sies soun Fiou tout adourable ;

Tu sies , à ce que viou ,
Egau à Diou ,
Nascu per iou dins lou néant ;
L'amour t'a fach enfant
Per tout lou genro human ,
Uno Viergi es ta Maire ,
Sies nat senso ges de Paire ,
Aquo parei dins ta man.

} *bis.*

L'y a encaro un grand secrèt
Que Janan t'a pas vougu dire ,
L'y a encaro un grand secrèt
Que fara bèn leou soun effèt :
Vène , vène , beou Messi ,
Mette , mette , mette eici
La pieço blanquo ,
Per nous faire rejouir ;
Janan parlara ,
Beou Meina ,
Bouto aqui per dina. *bis.*

Souto toun det mouyèn
L'y a quauquarèn ,
Per noueste bèn , de fouert sinistre ;
Souto toun det mouyèn
L'y a quauquarèn ,
Per noueste bèn , de rigouroux :
Se l'y ves uno Croux ,

Qu'es lou salut de tous ,
Et , si te l'auji dire ,
Lou sujèt de toun martyre ,
Es que sies bèn amouroux.

L'y a encaro quauquarèn
Au bout de ta ligno vitalo ,
L'y a encaro quauquarèn
Que te voou dire Magassèn :
Vène , vène , beou German ,
Douno , douno cici ta man ,
Et te devinaran
Quauquarèn de plus charmant ;
Mai , vèngue d'argènt ,
Autant - bèn
Senso aquo se fa rèn. *bis.*

Tu siés Diou et mourtau ,
Et coumo tau
Viouras bèn pau dessus la tèrro ;
Tu sies Diou et mourtau ,
Et coumo tau
Seras bèn pau dins nouestè etat ;
Mai ta divinita
Es sur l'eternita ,
Sies l'autour de la vido ,
Et toun essènço infinido
N'a rèn que sié limita.

Voues-tu pas que diguen
Quauquarèn à ta santo Maire ;
Voues-tu pas que li fen ,
Per lou mens , noueste coumpliment :
Bello Damo , vèno eiça ,
N'autres councissèn deja
Que dins ta bèllo man
L'y a un mysteri qu'es bèn grand ;
Tu que sies pouli ,
Digo li
Quauquaren de jouli. *bis*.

Tu sies doou Sang Rouyau ,
Et toun houstau
Es deis plus hauts d'aquestou mounde ;
Tu sies doou Sang Rouyau ,
Et toun houstau
Es deis plus hauts , à ce que viou :
Toun Seignour es toun Fiou ,
Et soun Paire es un Diou ;
Que pouedes-tu mai èstre
Que la Maire de toun Mèstre ,
Et l'Espouso de toun Diou ?

Et tu , bouen Seni-grand ,
Que sies au cantoun de la gruppi ,
Et tu , bouen Seni-grand ,
Voues-tu pas que veguen la man ?

Diguo , tu creignos bessai
Que noun rauben aquel Ai
Qu'es aqui destaca ,
Raubarian plus leou lou cat ;
Metto aqui dessus ,
Bouen Moussu ,
N'avèn pa'enca begu. *bis.*

Iou vesi dins ta man ,
Que sies bèn grand ;
Que sies bèn sant , que sies bèn juste ;
Iou vesi , din ta man ,
Que sies bèn grand ,
Que sies bèn sant et bèn-ama :
Benhuroux marida ,
As toujour observa
Uno santo abstinènci ;
Tu gardes la Prouvidènci ,
N'en sies-tu pas bèn garda ?

N'autres couneissèn bèn ,
Quand tu sies vengu dins lou mounde ,
N'autres couneissèn bèn
Que l'y sies vengu sènso argènt :
Bèl Enfant , n'en parlen plus ,
Quand tu sies vengu tout nus ,
Cregnies , à ce que vian ,
Lou rescontre deis Booumians ;

Que cregnies , beou Fiou ,
Tu sies Diou ,
Escouto noueste adiou.　*bis*

Si trop de liberta
Nous a pourta
A te douna toun avanturo ;
Si trop de liberta
Nous a pourta
A te parla tant hardiment ;
Te pregan humblament
De faire égalament
Nouesto boueno fourtuno ,
Et de nous en douna uno
Que dure eternèllament.

Un choix de Cantiques Provençaux , qui ne mettroit point sous les yeux du lecteur le fameux Noel dit *des Bohemiens*, composé vers la fin du dernier siécle , passeroit auprès de bien des gens pour un choix très-défectueux. Il est vrai qu'on ne peut refuser à ce Cantique, calqué sur l'Espagnol de Don Lopés de Vega, le mérite d'une composition ingénieuse, et d'une expression énergique et fidele du grand mystere qui en fait l'objet. Mais, après tout, que penser de cette idée qui amene, auprès du divin Enfant, des personnages aussi décriés que des Bohemiens, ou des diseurs de bonne aventure, et leur fait exercer sur sa Personne Sacrée leur profession ridicule? Aussi dès son origine, et malgré toute la simplicité de nos peres, cet ouvrage fut-il tout à la fois l'objet de l'applaudissement et de la censure.

Cette double voix sur son compte merita l'attention
de Mr. le Cardinal Grimaldi, qui gouvernoit pour
lors l'Eglise d'Aix ; il manda l'Auteur à ce sujet,
et celui-ci ayant apporté à son Eminence l'original
de ce Noel, contenu dans un ouvrage du Poëte Espagnol, son modèle, intitulé, *Los Pastores de Belen*,
muni d'approbations respectables, et accompagné
d'éloges aussi nombreux qu'ils sont magnifiques, il
lui représenta qu'il n'avoit pas cru faillir, en faisant
paroître dans Aix un Cantique qui avoit été chanté
à Madrid sous les yeux de l'Inquisition elle-même.
Mr. le Cardinal prit en main le livre Espagnol,
examina la chose, et puis lui dit avec sa bonté
accoutumée, *allez, allez M. Puech*, (c'étoit le nom
de l'Auteur) *et faites toujours des Nouels*. Cette
conduite d'un aussi grand Prélat, au moins tolé-
rante à cet égard, nous enhardit à retracer ici cette
composition singuliere, persuadés que nous sommes d'ailleurs que la notice, et les reflexions pré-
sentes ne la feront prendre desormais à tout le
monde pour ce qu'elle vaut.

8ᵉ CANTIQUE SUR LA FÊTE DE NOEL.

SENTIMENTS D'ADMIRATION ET DE RECONNOISSANCE SUR LA VENUE DE NOTRE SEIGNEUR JESUS-CHRIST.

HELAS, que vesi iou, en aquest jour,
Dedins aquel estable !
Un Diou grand, puissant, ineffable,
Vèn se choousir un tant paure sejour ?
Bessai que ma visto me troumpo ;
La paillo es-ti d'un Diou l'ournament et la poumpo?
Mai, que vesi de majesta
Dessouto aquelo paureta !
Mai, que de majesta
Dessouto aquelo paureta !

Moun Diou, venez doou Ciel per me sauva,
Helas, que sias eimable !
Que favour, que bèn ineffable !
Jamai s'es vis une talo bounta :
Descendez, per douna vouesto amo,
Afin de me sauva d'uno eternèllo flammo ;
Que faray per vous, ô mon Diou,
Aro qu'avez tant fach per iou ?
Que farai, ô moun Diou,
Aro qu'avez tant fach per iou ?

Leis Angis, dins leis airs tous attroupas,
Cantoua vouesto victoiro,
En disèn : à Diou gloiro, gloiro,
Et pax eis gèns de boueno voulounta.
Qu'à soun tour, chaquo creaturo,
Sentèn qu'en aquest jour reparas la naturo,
Cride : gracis, moun bouen Seignour;
Gracis, moun divin Redemptour :
Gracis, moun bouen Seignour,
Gracis, moun divin Redemptour.

Erian touteis perdus per lou peccat
De noueste premier Paire ;
Degun vous poudié satisfaire,
Ni repara lou mau qu'avié causa :
Quand aurian tous douna la vido,
Poudian-ti repara uno ouffenso infinido ?
Voulias, moun Diou, un autre sang,
Un sacrifici bèn plus grand :
Voulias un autre sang,
Un sacrifici bèn plus grand.

Que fai l'amour sur vous, Jèsus moun Diou,
Per me tira d'affaire ?
Vous meme venez satisfaire ;
Siou lou coupable, et vous livras per iou :
Que, per vous, moun amo se founde ;
Vous deviou tout, moun Diou, per m'avé mes au
        mounde,

Helas , que pourrai vous douna ,
Aro que m'avez racheta ?
Que pourrai vous douna ,
Aro que m'avez racheta ?

Per iou vous abbeissas , vous fez enfant ,
Naissez dins uno crècho ;
Vouesto etat , lou luec , tout me prècho
De m'humilia dessouto vouesto man :
D'embrassa per vous la souffranço ,
D'estre paure et patient emé perseveranço ,
Et de vous douna tout moun couer ,
Si noun pouedi douna ma mouer :
De vous douna moun couer ,
Si noun pouedi douna ma mouer.

Puisque vous m'amas tant , Diou tout d'amour ,
Que moun bounheur vous charmo ;
Venez leou , naissez dins moun amo ,
Siou trop huroux si l'y lougeas toujour :
Si fasez , beouta immourtèllo ,
Qu'un jour siegui emé vous dins la gloiro eternèllo,
Ounte toujour vous amarai ,
Et sans cèsso vous benirai :
Ounté vous amarai ,
Et sans cèsso vous benirai.

———◆◆◆———

9ᵉ CANTIQUE SUR LA FÊTE DE NOEL.

SENTIMENTS DE RECONNOISSANCE ET REFLEXIONS
CHRÉTIENNES SUR LA NAISSANCE
DE NOTRE SEIGNEUR JESUS — CHRIST.

———————

Siou esbahi, quand counsideri
Jusqu'ounté va l'amour d'un Diou ;
Poudiou pas èstro plus mau qu'èri,
Jésus vèn per me mettro micou ;
Prend moun néant, prend ma misèrí,
Se fai anathèmo per iou.

De noueste Diou enfant uniquo,
De l'homme eimable Redemptour,
Mettez dins ma bouquo un Cantiquo
Que sié digno de voueste amour ;
Puis, emé la troupo angeliquo,
Iou cantarai à voueste hounour.

Quo l'univèrs se rejouisse
De ce que l'avez visita,
Que d'airs nouveoux tout retentisse,
Que tout l'ause vouesto bounta;
Et quo tout moun couer vous benisse,
Sant Enfant plen de carita,

Vouèste amour es bèn ineffable,
Vous livras per nous sauva tous;
Helas, per vous èstre agreable,
Quo poudèn-ti faire per vous?
Digas nous lou, Sauveur eimable,
Afin que suiven vouesto goust.

Per que choousissez un establc,
Sant Enfant, per vous l'y casa?
L'y a ti ges de luec plus lougeable?
N'y aurié proun, mai leis voulez pas;
Jugeas lou paure preferable;
Es dounc aqui l'état qu'amas.

Es vous que lanças lou tounèrro,
Sias un Diou plen de majesta;
Cependant, vous cachas en tèrro,
Naissez dedins l'humilita;
Amas dounc lou couer que prefèro
L'etat humble à tout autre etat.

Vesi ges de delicatesso
Dedins l'establc ounté naissez,

Ges de plesir , ges de moulesso ,
Mai , au countrari , l'y souffrez ;
Leis penos dounc , et la tristesso ,
Soun leis douçours que choousissez.

Que sias à plaigne , gèns doou mounde ,
Meritas bèn nouesteis souspirs ;
Vouesto paure couer se mourfounde
Per de faux bèns , de faux plesirs ;
Jèsus , en naissèn , vous counfounde ,
Ah , que change vouesteis desirs.

Riches , que sias dins l'aboundanço ,
Dins leis joyos , dins leis excès ,
Vesèn Jèsus dins la souffranço ,
Que noun tramblas et fremissez ;
N'ausez pas que dis per avanço :
Malheur à v'autres que risez.

Vous que n'avez rèn per partagi ,
Et que sias sènso estaquo au bèn ,
Paures , helas , quint'avantagi !
Ressemblas au Sauveur naissèn ;
Lou Ciel sera voueste'heiretagi ,
Jèsus dis que vous appartèn.

10ᵉ CANTIQUE SUR LA FÊTE DE NOEL.

Felicité d'Adam avant son péché, et réparation
de ce même péché par la venue de
Notre Seigneur Jesus-Christ.

———

Adam qu'ères huroux ,
Que toun sort èro doux ,
Au paradis terrèstre !
Leis mans de toun bouen Mèstre
T'avien fach à soun goust :
Souffries pas ges de mau ,
Senties ni frèch ni cau ;
Teis jours plens d'alegresso
Coulavoun en repau ,
Sèns dangier de vieillesso.

Te manquavo pas rèn
Per vioure bèn countènt ,
Et sous un Ciel proupici ,
Goustaves leis delicis
D'un eternèl printèmps :

Leis rousiers de Damas ,
Per embauma toun nas
De l'oudour la plus fino ,
Au davant de teis pas ,
Flourissien sènso espino.

Teis ueils de tous couslas ,
Poudien èstre encantas ;
La naturo naissènto
A ta visto innoucènto
N'ouffrié que de beoulas :
Leis plumos deis ausseoux ,
Lou cristal deis ruisseoux ,
La clarta deis ostèlos
Fasien un beou tableou ,
Per charma ta prunèllo.

A l'abri deis hyvèrs ,
Leis aubres toujour vèrds
Servien à teis pitanços
De fruits , en aboundanço ,
De millo goust divèrs :
N'èro pas de besoun ,
Dins toutos leis sesouns ,
De moourre toun terraire ;
Te rendié seis meissouns ,
Sèns secours de l'araire.

Toun aurcillo , à lesir ,
Poudié sans cèsso ausir
L'agreablo ramagi
Doou roussignoou sauvagi ,
Quo fa tant do plosir :
Scis fredouns doux cl gais ,
Fourmas dins soun gavai ,
D'uno façoun rustiquo ,
Valien millo fes mai ,
Qu'un councèrt do musiquo.

Mai , despui toun peccat
Que nous a tous taca ,
Leis faminos , leis pèstos ,
Leis guèrros , leis tempèstos
Venoun nous attaqua :
Et sènso un Diou naissènt ,
Quo voou que nouesto bèn ,
Serian dins l'esclavagi ;
Et l'infèr , per tous-tèmps ,
Serié nouesto partagi.

11ᵉ CANTIQUE SUR LA FÊTE DE NOEL.

Sentiments d'alégresse produits par le récit circonstancié de la Naissance de Notre Seigneur Jésus-Christ.

———

Rejouissen nous bèn, n'auren plus tant de peno ;
Aro gemiren plus , seren en liberta ;
Despui quatre millo ans erian à la cadeno ,
Mai aujourd'hui finis nouesto captivita :
Un Diou qu'es tout-puissant ,
S'es fach Enfant ,
Nai miserable
Vèn tira lou coupable
Deis mans de Satan.

Au milan de la nuech que tout es en silènço ,
Dins aquest rude tèmps, au plus fouert de l'hyvèr,
Lou Fiou de l'Eternèl , per sa douço naissènço ,
Coumo un Souleou levant , rejouïs l'univers :
Un Diou, etc.

L'Angi vai avertir les Pastres deis mountagnos ,
Que passavoun la nuech auprès de seis troupeoux ,
Li dis : que sias huroux dedins vouesteis campagnos!
Un Sauveur vous es nat , avez un Rei nouveou :
Un Diou , etc.

Lou dirias-ti vount'es ? n'es pas quasi crouyable,
L'y a ges de paureis gèns que noun so logeoun mieou :
Entre dous animaux, dins un marrit estable ,
Uno Viergi, esta-nuech, a enfanta voueste Diou.
Un Diou , etc.

Leis Pastres soun ravis de ce que li dis l'Angi ,
Courroun en Bethelèm per veire aquel Enfant ;
Lou troboun dins un jas enveloupa de langis ,
Et disoun , estounas de ce que souffre tant :
Un Diou , etc.

Li dounoun per presènts son couer et sa tendresso,
Chacun lou recounoui coumo soun Redemptour ;
Et puis en s'entournant , tous ramplis d'alegresso,
Cantoun, long doou camin, touteis à soun hounour :
Un Diou , etc.

12ᵉ CANTIQUE SUR LA FÊTE DE NOEL.

LES ANGES ANNONCENT AUX BERGERS LES FRUITS
HEUREUX DE LA NAISSANCE DE NOTRE
SEIGNEUR JESUS-CHRIST.

MELEZ vous dans nos Fêtes,
Accourez en ces lieux,
Bergers, sur vos musettes,
Chantez le Roi des Cieux ;
De son amour extrême
Célébrez les efforts,
Et rendez le Ciel même
Jaloux de vos transports.

De vos tristes allarmes
Chantez l'heureuse fin ;
Un Enfant plein de charmes
Change votre destin :
Le Ciel devient propice,
Il remplit vos souhaits ;

La paix et la justice
Vont regner à jamais.

Pauvres et misérables ,
Dans lo crime formés ,
Vous étiez haïssables ,
Mais vous étiez aimés :
Dieu , malgré votre crime ,
Touché do votre sort ,
Pour vous so fait victime ,
Et subira la mort.

Trop sensible à vos peines ,
Co Dieu vient , en ce jour ,
Changer vos dures chaînes
En des liens d'amour :
Son joug n'est plus que grace ,
Sa loi n'est que douceur ;
Son amour prend la place
De touto sa rigueur.

13ᵉ CANTIQUE SUR LA FÊTE DE NOEL.

DÉPART DES BERGERS POUR L'ETABLE DE BETHLÉEM.

————

Allons, Bergers, partons tous,
L'Ange nous appelle ;
Un Sauveur est né pour nous,
L'heureuse nouvelle !
Un étable est le séjour
Qu'a choisi ce Dieu d'amour :
Courons au, zau, zau,
Courons plus, plus, plus,
Courons au, courons plus,
Courons au plus vîte,
A ce pauvre gîte.

De nos plus charmants concerts
Que tout retentisse ;
Le Ciel, à nos maux divers,
Est enfin propice :

Accordons en ce grand jour
Le fifre avec le tambour,
Timbale et , let , let ,
Timba-trom , trom , trom ,
Timbale et timba-trom ,
Timbale et trompette ,
Haut-bois et musette.

Satan , au fond des enfers ,
Brûlant dans les flammes,
Voudroit , dans les mêmes fers ,
Entraîner nos ames ;
Ne craignons plus ses combats ,
Tout son pouvoir est à bas ,
Malgré sa ; sa , sa ,
Malgré fu , fu , fu ,
Malgré sa , malgré fu ,
Malgré sa furie
Dieu nous rend la vie.

Quels présents faut-il porter
A ce Roi des Anges ?
Robin , pour l'emmailloter ,
Offrira des langes ;
Gros-guillot un agnelet ,
Moi , je porte , avec du lait ,
Le plus beau , beau , beau ,
Le plus fro , fro , fro ,

Le plus beau , le plus fro ,
Le plus beau fromage
De notre village.

Mais , pour bien faire la cour
A ce nouveau Maître ,
Notre zele et notre amour
Doit sur-tout paroître :
Que chacun offre son cœur
Tout brûlant de cette ardeur ;
C'est la sain, sain , sain,
C'est la to , to , to ,
C'est la sain ; c'est la to ,
C'est la sainte offrande
Que Jesus demande.

14ᵉ CANTIQUE SUR LA FÊTE DE NOEL.

INVITATION A VENIR ADORER JESUS NAISSANT.

———

Du Sauveur né dans une étable
Chantons la tendresse ineffable ,
Pour l'adorer empressons nous ,
Rien n'est si doux :
Comme un Soleil dans sa carrière ,
Il est tout brillant de lumière,
De l'Univers c'est le flambeau ,
Rien n'est si beau.

Bergers , de ce Maître des Anges ,
Enveloppé de pauvres langes ,
Venez embrasser les genoux ,
Rien n'est si doux :
Il ravit les cœurs par ses charmes ,
A ses attraits tout rend les armes ,
Accourez tous à son berceau ,
Rien n'est si beau.

Quand , pour calmer son divin Père ,
Prenant sur lui notre misère ,
Vous le voyez souffrir pour vous ,
Rien n'est si doux :
Chantez ses bontés nonpareilles ,
Et du récit de ses merveilles

Remplissez tout votre hameau,
Rien n'est si beau.

Du haut du Ciel lorsqu'il s'abaisse,
C'est pour gagner votre tendresse,
Contentez son amour jaloux,
Rien n'est si doux :
Cédant aux charmes de sa grace,
Que jamais votre œil ne se lasse
De contempler ce Roi nouveau ;
Rien n'est si beau.

Malgré l'horreur de notre crime,
Qui nous ouvrit le noir abyme,
Il a quitté tout son courroux,
Rien n'est si doux :
Bravant l'enfer et sa furie,
Passons en repos notre vie,
Auprès de ce divin Agneau,
Rien n'est si beau.

J'entends sa voix qui nous appelle,
Allons tous, brûlant d'un saint zele,
Offrir nos cœurs à cet Epoux,
Rien n'est si doux :
Si nous ne pouvons reconnoître
Tous les bienfaits d'un si bon Maître,
Chantons, au moins jusqu'au tombeau,
Ah, qu'il est beau !

15ᵉ CANTIQUE SUR LA FÊTE DE NOEL.

SENTIMENTS D'ADMIRATION SUR LA NAISSANCE DE NOTRE SEIGNEUR JESUS-CHRIST.

GRAND Dieu , quelles merveilles
Sont celles que je vois !
Mes yeux et mes oreilles ,
Rendez vous à ma foi :
La force et la foiblesse ,
La justice et l'amour ,
La gloire et la bassesse
S'unissent en ce jour.

Dieu quitte son tonnerre ,
Il descend en ces lieux ;
Et jusques à la terre
Il abbaisse les Cieux :
Une Vierge est la mere
De l'enfant qui paroît ;
Un enfant est le pere
De celle dont il naît.

Notre œil voit l'Invisible
Fait homme sans changer ;
De tourments, l'impassible
Pour nous se vient charger :
Le sage est dans l'enfance,
L'immense en un berceau ;
Le tout dans l'indigence,
Et l'Eternel nouveau.

Le Dieu de la lumiere
Naît dans l'obscurité,
Et n'a qu'une chaumiere
Pour palais enchanté :
Réduit à l'esclavage,
Il brise nos liens ;
Il est, riche héritage,
Dépouillé de tous biens.

Serons nous insensibles,
Après tant de faveurs,
Aux marques si visibles
De l'amour du Sauveur ?
Il aime sans mesure,
Il est rempli d'appas ;
Indigne créature,
Quoi, tu ne l'aime pas !

PASTORALE

ou

CANTIQUES SPIRITUELS

A l'usage des Elèves du Petit Séminaire d'Aix,

Pendant le temps de la Noël.

CANTIQUE.

Désir des justes dans l'attente du Messie.

Air : *Laissez paître vos bêtes, etc.*

Venez, divin Messie,
Sauvez nos jours infortunés ;
Venez source de vie, venez, venez, venez.
Ah ! descendez, hâtez vos pas,
Sauvez les hommes du trépas ;
Secourez-nous, ne tardez pas :
Venez, divin Messie, etc.

Ah ! désarmez votre courroux ;
Nous soupirons à vos genoux ;
Seigneur , nous n'espérons qu'en vous :
    Pour nous livrer la guerre ,
Tous les enfers sont déchaînés ;
Descendez sur la terre, venez , venez , venez.

    Que nos soupirs soient entendus ;
Les biens que nous avons perdus
Ne nous seront-ils point rendus?
    Voyez couler nos larmes :
Grand Dieu ! si vous nous pardonnez ,
Nous n'aurons plus d'alarmes; venez, venez, venez.

    Si vous venez en ces bas lieux ,
Nous vous verrons victorieux ,
Fermer l'enfer , ouvrir les cieux ,
    Nous l'espérons sans cesse :
Les cieux nous furent destinés ;
Tenez votre promesse ; venez , venez , venez.

Ah ! puissions-nous chanter un jour
Dans votre bienheureuse Cour ,
Et votre gloire et votre amour !
    C'est là l'heureux partage
De ceux que vous prédestinez ;
Donnez-nous-en un gage ; venez, venez , venez.

Le Père Eternel.

Air : *Trésors , honneurs*. St. Sulp t. 1, p. 43.

Esprits de paix , purs habitans des cieux ,
Descendez à ma voix du séjour du tonnerre ,
Accourez tous vers ces bas lieux ,
Que tout le ciel soit sur la terre.   *(Fin.)*
Dans cet heureux moment ,
Mon fils s'est fait enfant ,
Il ne fallait pas moins pour calmer ma colère ,
Que mon Fils réduit au néant ;
Adorez-le dans ce profond mystère ;
C'est le Verbe fait chair, qu'à son nom tout puissant,
Dans le fond des enfers , au sein du firmament ,
Sur la terre , en tout lieu, tout tremble et le révère.
Esprits de paix , etc.

*Les Anges paraissent à la reprise et chantent
en duo avec les Bergers de la basse, venus seuls
et sans manteau, le* Sanctus *de la grand'messe
du grand Séminaire.*

Le Père Eternel ensuite.

Dans l'univers publiez aujourd'hui ,
Qu'on n'y redoute plus les fureurs de la guerre ,
Jésus naît , bientôt avec lui
Tout va renaître sur la terre.   *(Fin.)*
La gloire est dans les cieux ,

La paix règne en tous lieux ,
Tous ces biens à la fois de mon fils sont l'ouvrage.
Annoncez ce changement heureux.
Mais n'allez pas porter votre message
Aux puissans de la terre , aux riches glorieux ;
L'obscure pauvreté brille plus à mes yeux
Depuis que mon cher fils en a fait son partage.
Dans l'univers , etc.

Les Anges seuls : Gloria in excelsis, *de la Baptiste.*

Les Anges.

Sur l'air : *Tabernacles aimables.*
Peuples de ces contrées ,
Ranimez votre ardeur ;
Montagnes et vallées ,
Bénissez le Seigneur ;
Fleuves , dans l'allégresse ,
Battez des mains ,
Exaltez la sagesse ,
Du Saint des Saints.

Deux Anges.

Prodiges ineffables ,
Qu'à Dieu l'homme est bien cher ;
Pour sauver des coupables ,
Le Verbe s'est fait chair ;
Engendré de son père ,
Egal à lui ,
Ce Dieu veut d'une mère ;
Naître aujourd'hui.

Les Bergers sont dans un lieu obscur ,
un de la Basse.

Amis , sourtès dé la chaoumièro ,
Es déjà lou plus beou doou jour ,
Qual'ès dounc la brianto lumièro ,
Qué dé la nué ven dissipa l'hourrour.

Les Anges.

Le soleil de justice ,
Bergers , brille à vos yeux.
Enfin un Dieu propice
Vient se rendre à vos vœux.
En ce moment commence
Votre bonheur ,
Par l'heureuse naissance
Du Rédempteur.

Les Bergers.

Anfin lou Ciel dé nouestreis pénos
Sé sarié - ti ressouvengu ,
Per brisa nouestr'ancienno cadéno
Lou Rédemptour sarié - ti dounc vengu ?

Un Ange.

Le Très - Haut ineffable
Est né dans ce hameau ;
La crêche d'une étable
Est son pauvre berceau ;
Bethléem de Dieu chérie ,

Quelle faveur !
Tu deviens la patrie
De ton Sauveur.

Les Bergers.

Hounour è louang'immourtelo
Oou benich enfan d'Abraham.
Purs espris ségoundas nouostré zèlo :
Renden ensen gloar'ou Dieou Tout-Puissant.

Les Anges et les Bergers chantent le Gloria.

Un Ange.

Oh ! l'heureuse harmonie,
Oh ! les pieux transports.
Mortel, ta voix s'allie
Aux célestes accords ;
Oh ! de ta destinée
Connais le prix ;
Ta demeure est changée
En paradis.

Un Ange.

D'une flamme naissante,
Bergers suivez l'ardeur,
Répondez à l'attente
De votre Rédempteur ;
Quittez sans résistance
Ce cher troupeau,
Allez en diligence
Vers son hameau.

Les Bergers.

Oh Ciel ! es ti dounc ben poussiblé
Qué pousqu'en un soulé moumen
Sousteni l'aspect d'un Dieou visiblé ;
Ah ! se lou vian dé ségu que mouren.

Un Berger.

Hélas ! naoutrés sian que de pastrés ,
Leys derniés de nouostro Tribu ,
A un Rey qu'habito su leis astrés
Séren-t-i pas un objé dé rébu ?

Un Berger.

Per iou , din moun paouré équipagi ,
N'aousi pas m'ana présenta :
Dé moun couar li rendray moun houmagi ,
En m'abeissan davant sa magesta.

Un autre Berger.

D'aoumen en signé dé tendresso
Pousquessian li fayré un présen ;
May n'aven ni argen , ni richesso ,
Quaoqueis agnicous, vaqui tout nouostré ben.

Les Anges.

Non , tout ce que la terre
Offre de plus brillant ,
Ne saurait jamais plaire
A ce divin Enfant ;

Le présent que demande ,
Ce Dieu Sauveur ,
C'est la sincère offrande
De votre cœur.

Un Ange.

Dans une pauvre crêche
Il est emmailloté ;
C'est ainsi qu'il vous prêche
La sainte pauvreté ;
Là règne la sagesse ,
Non le plaisir ,
Et l'oisive mollesse
Doit y rougir.

Deux Anges.

Ah ! si de sa présence
Il montrait la splendeur ,
Les mortels en silence
Sécheraient de frayeur ;
Mais ce Dieu charitable
Veut en naissant
Prendre la forme aimable
D'un tendre Enfant.

Les Bergers.

Anfin puisqu'eou même n'invito ,
N'és ségur qué per nouestré ben ;
Deys réfus un grand amour s'irrito ,
Fen dounc un pas jusquou vers Bethelem.

Les Anges.

Partez troupo chérie
Dans la paix du Seigneur ;
L'on ne perd pas la vie
Près d'un Dieu Rédempteur.
A travers sa faiblesse
Vous sentirez,
Qu'il porte sa tendresse
Jusqu'à l'excès.

*Les Bergers s'avancent un peu ; cependant un
d'eux dit, sur un air connu :*

Anen Bergiers touteis ensen , prenguen lou ca-
min doou villagi ;
Anen Bergiers touteis ensen , passen jusqu'ou vers
Bethélem.

Tous les Bergers répètent : Anen Bergiers.

Dieou gardara nouestreis troupeous , Bergiers
tardon pas d'avantagi.
Dieou gardara nouestreis troupeous , prendra soin
de nouestreis agneous.

Tous les Bergers répètent : Anen Bergiers.

Chassen leis soupirs è leis plours, Dieou ven brisa
nouestro cadeno.
Chassen leis soupirs è leis plours, lou Ciel sera
nouestro séjour.

Tous les Bergers répètent : Anen Bergiers.

A quelque distance de la Crèche un Berger dit :

Sur l'air: *J'engageai ma promesse au Baptême.*

Célébren per un hurous mélangi,
Ah ! Bergiés, un jour tan fourtuna,
Qu'à jamai siégué hounour et louangi ;
Gloaro, gloar'aou Dieou qué nous és na,
Gloaro, gloaro.

Tous.

Gloaro, gloar'aou Dieou qué nous és na.

Le Berger.

Gloaro, gloa.a a a a a a ro.

Tous.

Gloaro, gloar'aou Dieou qué nous és na.

Le même Berger.

Gémissian sout'un rudé esclavagi,
Un Enfan nous a descadéna ;
Creignen plus teis esfors ni ta ragi,
Oh ! Satan, toun empir'és rouyna.
Gloaro, etc.

Paour'Adam, aviez perdu ta raço,
En pécan n'aviez touteis dana ;
Dé teis maoux restou plus qué la traço ;
Plourez plus, un Dieou s'és incarna.
Gloaro, etc.

Quan dó san n'an brûla dé ti veyré,
Qu'aquéou sort n'és pas esta douna,
Bel Enfan, hélas ! só paou-t-i creyré,
Lou Seignour nous l'avié destina.
Gloaro, etc.

N'esfacen jamai dé la mémoiro,
Oh ! Bergiés un jour tan fourtuna;
A jamay n'en célébren la gloaro.
Gloaro, gloar'aou Dieou qué nous és na.

Deux Anges. (Les Bergers entrent.)

Entrez, entrez, ô troupe fortunéo,
Quo votre amour éclate en cet instant ;
Voilà la sagesse incarnéo,
Prosternez-vous en l'adorant.

*Les Bergers se prosternent, et après quelques
momens de silence, un d'eux dit à genoux.*

S'aven tarda, beou Seignour dé vous veyré,
Es qué crégnian dé mouri dé frayour ;
Mai quand vous vian poudés ben creyré,
Qué si mouren, mourren d'amour.

Bergers. (Chœur de basses.)

Qué v'obligeav'ô mestre tant aimablé,
Dé v'avili jusqu'à vous fayré enfant,
Foulié-t-i dounc per dé coupablés,
Vous aboissa jusqu'aou néant.

Bergers. (Chœurs des hautes.)

Perquó gran Dieou faou-t-i qu'à vouestreis larmos,
Réunissés tant dé tourmens divers ;
Dó vouestreis plours leys fouarteis armos
Pouédoun sauva tout l'univers.

Un Ange.

Il auroit pu vous devenir propice ,
Sans éprouver ni douleur , ni trépas ;
Ce qui suffit à sa justice ,
A son amour ne suffit pas.

Bergers. (Voix basses.)

Perquó voudrias dé nouestró proumié payré
Tan chiéramen répara lou malhur ;
Qué poudés dounc encaro fayré
Per dévenir nouestró Saouvuor.

Un Ange.

Dispensez-nous , chers Bergers , de vous dire ,
Quelles seront ses peines , ses douleurs ;
Anges de paix , que son martyre ,
Hélas ! vous doit coûter de pleurs.

Bergers. (Voix hautes.)

Ciel , espargnas un enfan tant cymablé :
Dé cé qu'endur'hélas n'a déjà troou.
Es innoucen , sian leis coupablés ;
Dignés soulés dé vouestreis quoous..

Deux Anges.

Non , non , Bergers , ce que Dieu désire
N'est pas de naître et de ne plus souffrir ;
Le cœur humain est son empire ,
Pour y régner il veut mourir.

Bergers. (Voix basses.)

Eymabl'enfan , es-ti dounc ben poussiblé
Qu'un couar per vous pouesqu'avé dé fréjour ;
Ah ! foudrié ben estr'insensiblé ;
Per pas brula dé vouestr'amour ?

Bergers. (Voix hautes.)

A vous soulé voulen dounc toujours estré ,
Moundé troumpur per naoutrés siés plus ren ,
Sias nouestré Rey , sias nouestré mestré ,
Nouestr'amour és tout nouestré ben.

Un Ange.

Pour lui montrer lo respect , la tendresse ,
Baisez ses pieds , il veut bien le souffrir ;
Approchez donc chère jeunesse ,
Et contentez un saint desir.

Les Bergers s'avancent autour de la Crèche et adorent Notre Seigneur ; cependant les Anges chantent sur le cinquième ton :

Sit nomen Domini , etc.

Un Berger.

Dó vous ferma meys huis tardès plus gayró ,
È tu moun couar consumo ti d'amour ;
Ren eici bas noun paou mi playró
Despui qu'ay vis moun rédemptour.

Un Ange.

Déjà Bergers , le travail vous rappelle ,
L'Astre du jour revient sur l'horizon ;
Retirez-vous , troupe fidèle ,
En bénissant de Dieu le nom.

Un Ange.

Cantate, cantate Domino canticum novum. (bis.)
Laus ejus in ecclesiá Sanctorum.
Tous les Anges répètent.

Un Berger.

Sur l'air : *O Dieu dont la Providence.*
Canten Bergiés , la victori ,
D'un Dieou na din nouestr'hameou ,
Anouncen per tout sa glori ,
È l'escla de soun berceou.

Tous répètent : Canten Bergiés , etc.

Un Berger.

Per la Crous é per leys larmos ,
Dóuntara tout l'univers ,
Soumétra senso gés d'armos ,
Lou démoun é leys infers.   (bis.)

Tous. Canten Bergiés , etc.

Un Berger.

Vaoutrés natiens réculados ,
Qué vias à péno lou jour ,
Ben leou séres sclarados ,
Counouysserés lou Seignour.　　　　　(bis).

Tous. Canten , etc.

Un Berger.

Maougra dé Satan la ragi ,
Maougra touto sa fierta ;
Sian sourti de l'esclavagi ,
Un Dieou nous a racheta.　　　　　(bis.)

Tous. Canten , etc.

Un Berger.

Sant enfant qué vouestr'empiro ,
Sé respend'en tou leys luès ,
É qué tout cé qué respiro ,
Sié brula dé vouestréis fués.　　　　　(bis).

Tous. Canten Bergiés, etc.

Les Bergers se retirent.
Deux Bergers.

En sé rétournan din nouestré cham ,
Célébren l'amour dou Tou-Puissant.

Tous répètent : En sé rétournan , etc.

Deux Bergers.

Per nous soouva sés fach enfant ,
Sés aboyssa jusqu'aou néant.

Tous répètent : En sé rétournan , etc.

Deux Bergers.

Anfln dé satan lou regn'és passa ,
Ah ! coumben dé tem n'avié-t-i dura.
Tous. Anfln de satan , etc.

Deux Bergers.

Lou pichot enfan quó nous és na ,
Aqueou viei Tiran a destrouna.
Tous. Anfln de Satan , etc.

Deux Bergers.

Oh ! qué sian hurous d'avé vis prémiés ,
Lou Seignour proumés à noueistreis dévanciés.
Tous. Oh ! qué , etc.

Deux Bergers.

En dé sans désirs sé soun espuisas ,
Naoutré l'aven vis et l'aven beysa.
Tous. Oh ! quó , etc.

Vers la fin du précédent Cantique.

Deux Anges.

Bénissez le Seigneur ;
Mortels , exaltez sa tendresse ;
Bénissez le Seigneur ,
Aimez-le de tout votre cœur.
Tous les Anges repètent : Bénissez, etc.

Deux Anges.

Puisqu'à vous il veut être ,
Prenez-le pour appui ,
Trouverez-vous un maître ,
Plus généreux que lui ?

Tous répètent : Bénissez , etc.

Deux Anges.

Gloire au Père très-saint ,
Gloire au fils qui pour nous s'abaisse ,
Gloire à l'Esprit divin ,
Gloire à la Trinité , sans fin.

Tous répètent : Gloire au père , etc.

Deux Anges.

Gloire à l'enfant aimable ,
Qui veut bien par amour ,
Naître dans un étable ,
Dans cet auguste jour.

Tous répètent : Gloire au Père , etc.

Les Bergers et les Anges réunis chantent le Laudate Dominum omnes gentes , *en faux bourdon du cinquième ton.*

NOEL

Sur l'air: *Tous les bourgeois de Châtre.*

Le fils du Roi de gloire
Est descendu des cieux ,
que nos champs de victoire
Raisonnent dans ces lieux ;
Il dompte les enfers ,
Il calme nos alarmes ,
Il tire l'univers
    Des fers ;
   Et pour'jamais
   Lui rend la paix.
Ne versons plus de larmes.

L'amour seul l'a fait naître
Pour le salut de tous ;
Il fait par là connaître ,
Ce qu'il attend de nous.
Un cœur brûlant d'amour ,
Est le plus bel hommage ;
Faisons-lui tour-à-tour
    La cour ;
   Dès aujourd'hui ,
   N'aimons que lui ;
Qu'il soit mon seul partage.

Vains honneurs do la terre ,
Je veux vous oublier ;
Le maître du tonnerre
Vient de s'humilier ;
De vos trompeurs apas
Je saurai me défendre ;
Allez , n'arrêtez pas
    Mes pas :
  Monde flatteur ,
  Monde enchanteur ,
Je ne veux plus l'entendre.

Régnez seul en mon âme ,
O mon divin époux !
N'y souffrez point de flamme
Qui ne s'adresse à vous.
Que voit-on dans ces lieux ,
Que misère et bassesse !
Ne portons plus nos yeux
    Qu'aux cieux.
  A votre loi
  Céleste Roi ,
J'obéirai sans cesse.

CANTIQUE

SUR LA NATIVITÉ DE NOTRE-SEIGNEUR (1).

Air joyeux.

Sonnez, trompettes,
Présidez à nos fêtes,
Et vous, hautbois
Joignez-vous à ma voix.
Flutes, guitares,
Entrez dans nos fanfares;
Le Fils de Dieu
Vient de naître en ce lieu.

Bergers fidèles,
Aux premières nouvelles,
Dans le berceau
Vous vîtes cet agneau.
Flutes, etc.

(1) Ce cantique ne se trouve que dans les exemplaires portant le nom de feu M. Thobert.

Grands de la terre,
Le maître du tonnerre,
Le Roi des Rois
Vient nous donner ses lois.
Flutes, etc.

Satan, tu trembles,
L'univers te contemple,
S'anéantit,
L'oracle s'accomplit.
Flutes, etc.

Aux cœurs (*sic*) des Anges
Nous mêlons nos louanges;
Dans nos concerts
Chantons de nouveaux airs.
Flutes, guitares,
Entrez dans nos fanfares,
Le fils de Dieu
Vient de naître en ce lieu.

———

CANTIQUE

Sur la Feste de l'Epiphanie.

De matin,
N'ai rescountra lou trin
De tres grands Reis qu'anavoun en vouyagi ;
De matin, -
N'ai rescountra lou trin
De tres grands Reis, dessus lou grand camin :
N'ai vis dabord
De Gardos-corps,
De gèns armas, emé uno troupo de Pagis ;
N'ai vis dabord
De Gardos-corps,
Toutcis dauras dessus seis justaucorps.

Leis drapeoux,
Leis armos deis cameoux
Eis ventoulets servien de badinagi ;
Leis drapeoux,
Leis armos deis cameoux
Fasien de luen un effèt deis plus beoux :

Et leis tambours,
Per faire hounour,
De tèmps en tèmps fasien un bruyant tapagi ;
Et leis tambours,
Per faire hounour,
Battien la marcho chacun à soun tour.

    Sur un char
Daura de toutos parts,
Vesias leis Reis moudèstes coumo d'Angis ;
Sur un char
Daura de toutos parts,
Vesias floutta de riches estandarts :
Ausias d'haut-bois,
De bèlleis voix
Quo de moun Diou publicavoun leis louangis ;
Ausias d'haut-bois,
De bèlleis voix
Quo disien d'airs d'un admirable choix.

    Iou ravi
De tout aquo d'aqui,
Me siou rangea per veire l'equipagi ;
Iou ravi
De tout aquo d'aqui,
De luen en luen leis ai toujour segui :
L'Astre brillant,
Qu'èro davant,

Servié de guido et menavo leis Magis ;
L'Astre brillant,
Qu'èro davant,
S'arrestet net quand fouguet vèrs l'Enfant.

  Soun intras,
Et se soun prousternas,
A doueis ginoux, li disien seis prièros ;
Soun intras,
Et se soun prousternas,
Davant lou Rei qu'es nouvèlament na :
Gaspard dabord
Presènto l'or,
Melchior l'encèns, Balthasar un pau de myrro ;
Puis aprè'aquo,
Toueis tres d'accord,
Li offroun seis jours, sa couronno et seis corps.

LA VIE DE SAINT CANNAT,

FILS DU ROI D'AIX EN PROVENCE,

Évêque de Marseille.

C'est l'ordinaire de ceux qui racontent la vie de quelque Bienheureux Saint, de mettre tout au commencement d'icelle le nom et surnom d'icelui, sa qualité et le nom de son Païs, le nom de son pere et de sa mere, afin peut-être de donner exemple aux peres et meres d'élever à la vertu et à la crainte de Dieu leurs enfans, à l'exemple du bien heureux Saint, et pour montrer qu'ils sont dignes de loüange d'avoir élevé à la vertu et sainteté leurs enfans, car les enfans sages et vertueux sont la gloire de leurs parens : Et quant à la qualité du Saint, pour faire voir qu'il n'y a qualité au monde, soit riche ou pauvre, noble ou roturier qui ne puisse servir Dieu et arriver avec sa grace à la dignité de Saint,

et quant à ce qu'ils nomment son païs et le lieu de
sa naissance, c'est pour afin qu'à l'exemple du
Saint, ceux de son païs et de sa ville se rendent
vertueux, ou bien pour les honorer ; car comme il
n'y a honneur plus grand au monde que celui de
serviteur de Dieu, aussi l'on ne sçauroit honno-
rer d'avantage une ville que par la sainteté des
Saints qui sont nés et morts dans icelle pour l'a-
mour de Jésus-Christ, et pour la gloire de son nom.
Et quant à ce qui est du nom du Saint, par fois se
rencontrent des Saints du même nom et par ainsi
sont distingués par les lieux, par les parens et par
la qualité d'iceux. Je m'estimerois donc (cela étant
ainsi) grandement téméraire de vouloir commencer
la vie du bien heureux SAINT CANNAT sans garder le
même ordre, et je croirois de faire tort à tant de si
sçavans et Doctes personnages qui ont écrit les vies
des Saints, et à ceux de sa ville, si je n'observois
le même, tout au commencement de ce discours :
Il est bien vrai que pour le nom du père et mère du
bien-heureux Saint ne le pouvons sçavoir, à raison
que les Parchemins où étoit écrite sa vie, ont été
égarés sur la fin de l'an mil cinq cens nonante-deux,
au tems qu'on receut l'Office du Concile de Trente,
sous pretexte que cet Office de S. Cannat n'étoit
pas bien rangé, et qu'il falloit le reduire en meilleure forme. Cependant la vie de ce bien-heureux
Saint qu'on lisoit le jour de sa Fête, écrite en par-

chemin , comme j'ay déja dit fut égarée , qui est
cause que n'ayant souvenance du nom de pere et
mere d'icelui, est forcé de laisser son nom , et dire
sa qualité et qu'en pouvons tirer de l'ancien Bré-
viaire de l'Office de Marseille , qui est demeuré en
nos mains , comme aussi l'Office avec le chant l'a-
yant conservé l'espace de trente-six ans dans notre
E'tude.

Saint Cannat doncques, étoit fils du Roy et de la
Reyne de cette Cité tant fameuse et renommée d'Aix
en Provence ; ils n'avoient , je pense , que ce seul
enfant, pour le moins la Couronne lui apartenoit de
droit, il fut apellé Cannat, nom qui ne pouvoit être
imposé que de Dieu, qui connoit comme faut imposer les noms , car ce nom lui fut imposé selon sa
nature et conforme à sa vertu, *Cannatus* veut autant dire que *Canus natus* , qui naît du ventre de
sa mere sage et retenu comme un véritable vieillard, le vulgaire estimoit que ce nom lui étoit donné
depuis qu'une Cane avoit fleuri en sa main , mais
la plus commune opinion est , que la divine Providence lui donna ce nom conforme à sa vertu, à raison de ce qu'il étoit fort sage en sa vie, et conforme
aussi au miracle par avance d'une Canne ou Roseau
qui devoit fleurir un jour dans sa main , quoique
sec, aride et sans humeur. Ce fut donc la divine
Providence qui inspira son pere et sa mere de lui
imposer ce nom de Cannat, qui veut dire sage et

bien sensé autant qu'un vieillard : Ses actions et
ses deportemens correspondoient fort bien à son
nom , car il donna dés son enfance de très grandes
esperances de ce qu'il seroit à l'avenir , étant un
Prince accord et fort retenu, doux, patient et popu-
laire , si bien que tout le monde étoit étonné comment en si bas age étoit capable de tel poids , ma-
turité et sagesse : ce qui donna sujet au. Roi son
pere , qui decouvroit d'un jour en autre les richesses de cet esprit, de le mettre à l'étude des bonnes
lettres, où il profita si avantageusement qu'en peu
de tems il se rendit sçavant, et non seulement aux
lettres humaines, mais en la Theologie, et en icelle
il étudia si bien qu'il devint parfait suivant le Divin Conseil de nôtre Seigneur Jésus-Christ. *Si vis
esse perfectus vende omnia quœ habes et da pau-
peribus , et sequere me.* Car il quitta tout pour
suivre Jésus-Christ. Cette inspiration fut un mou-
vement du S. Esprit, à laquelle ne fit aucune résistance, et ce fut le même S. Esprit qui le conduisit
dans le désert : Il prend donc cette sainte resolution, aprés avoir fait reflexion, comme il étoit prudent, à tout ce qui se pouvoit passer dans cette heureuse entreprise.

Et disoit à part soi , quand bien mon pere me
donneroit son Royaume, que sera ce partant de moy :
Les Rois sont bien les plus grands de la terre, mais
ils ne sont pas les plus heureux ; les grands mal-

heurs s'attachent aux plus grandes puissances, et
puis quand tu serois Roy, non seulement d'Aix,
mais de tout le monde, tout le monde ensemble
ne seroit pas capable d'assouvir tes désirs, puis
qu'il n'y a rien en lieu qui ne soit perissable,
et ne se trouve en lui point de contentement,
le parfait contentement est en Dieu : ton pere
te laissera de grandes richesses, mais ce seront
des ronces et épines qui bourreleront ton cœur
à l'heure de la mort ; j'aurai beaucoup de sujets
qui m'obéïront, mais aussi beaucoup de flateurs
qui secretement me mordront, et si j'ai beaucoup
d'autres qui m'accompagnent il en faudra avoir le
soin de les recompenser, et ne suis pas asseuré de
leur fidelité : je sçai bien par expérience les dan-
gers qu'il y a en la Cour des Grands, et les maux
qui y regnent, qui peuvent dans un rien pervertir
les actions les mieux morigénées : Je n'ignore pas
l'obligation que j'ai à mon pere et à ma mere, mais
je sçai bien aussi l'obligation que j'ai à Dieu et à
son Fils Jesus, qui me dit, que celui qui aime plus
son pere et sa mere que lui n'est pas digne d'être
en sa compagnie, *Qui amat patrem et matrem*
plus-quam me, nen est me dignus. Nous ne pouvons servir à deux maîtres, c'est pourquoi Cannat
ne fait point le sourd à cette vérité qui heurte à la
porte de ton cœur, et qui te dit que pour te sauver
faut te retirer de la Cour. Il faut donc quitter tou-

tes ces delices et delicatesses, et ne faut point souffrir un jour ce reproche d'expirer sur les fleurs,
puisque ton doux Sauveur est mort sur les épines.
Toutes ces raisons rouloient dans son esprit et plusieurs autres, qui le firent resoudre de quitter la
Cour et la maison de son pere, il ne restoit plus
qu'à mettre bout à son dessein, et de communiquer par bien seance au Roy son pere et à la Reyne
sa mere qui étoit la plus difficile, sachant qu'ils se
roidiroient à cette entreprise, mais quels efforts
qu'ils fissent n'arrêteroient aucunement son glorieux dessein, ayant toujours dans l'esprit ces paroles de Jésus-Christ, *qui amat patrem et matrem
plusquam me, non est me dignus :* Qui aime plus
son pere et sa mere que moi, n'est pas digne de moi.

Un jour donc voyant le Roy son pere en bonne
humeur, lui fit ouverture de sa resolution, du desir
qu'il avoit de quitter le monde et se retirer dans la
solitude, lui faisant un déduit de la grande difficulté qu'il avoit de sauver son ame dans la mer de
ce grand Ocean du monde, pour le nombre des
ennemis qui nous font la guerre, que le plus unique et salutaire moyen en étoit de fuir et éviter les
occasions du mal.

Le pere qui avoit dessein de le faire son successeur, comme de droit la couronne lui venoit, et
qu'il ne travailloit que pour lui, ne faut pas douter
s'il fut étonné d'abord qu'il entendit cette resolu-

tion, et croyant qu'il y eut donné quelque mécontantement il tache de l'adoucir le mieux qu'il lui est possible , et se sert encore des artifices de la mere qui lui dit, à quoi pensés-vous mon fils d'embrasser une vie si austere dans une affreuse solitude, vous qui avés été en vôtre enfance nourri si délicatement ? Comment pourrez-vous vous habituer à une vie si mélancolique, qui avés accoûtumé vivre parmi les bonnes compagnies dans la liberté et la douceur ; vôtre corps ne pourra pas durer huit jours, voulés-vous mener une vie sauvage, voulésvous donner la mort à vôtre pere et nous mettre au tombeau tous deux : Je vous ay toûjours connu bien sensé jusques ici, mais maintenant il semble que vous ayés perdu tout jugement : Cannat mon fils pensés y bien et considérés la tristesse qu'en recevra le Roy vôtre pere, et en quelle estime vous aurat'on à la Cour, l'on ne vous tiendra que pour un lache de courage ; à quoi le bien-heureux Saint répondit qu'il voulait sauver son ame , et que toutes les grandeurs du monde n'étoient que fumée , que Jesus - Christ nôtre Seigneur lui avoit apris comme il devait faire : Car voulant un jour le peuple le faire Roy il s'enfuit à la montagne ; qu'il vaut mieux meriter la Couronne que de la posseder, que le Royaume de Jesus-Christ est éternel, et ceux de ce monde son perissables , enfin la mere voyant que ces paroles n'avoient pas grand ascendant sur.

l'esprit de cet enfant , pensa se servir d'autres artifices , et ne manqua d'employer les Courtisans
et les Seigneurs de sa Cour qui firent joûer mille
artifices pour lui faire ravir de l'imagination cette
volonté, n'oubliant aucune persuation pour lui faire
accepter la Couronne , laquelle refuse tout à fait ,
faisant plus d'état du Cilice et du gros drap, que du
Brocard estimant d'avantage la Religieuse et Ange-
lique solitude, que la Couronne et le Sceptre , mé-
prisant le magnifique Palais de son pere et la gloire
de son extraction , il se retira en un Terroir distant de la maison de son pere d'environ deux lieuës,
qui se nommoit pour lors de Sanzette ou Sauzette ,
et maintenant S. Cannat ; il est vrai que ce Lieu
n'a pas pour le jourd'hui tant de charmes , pour
être dépouillé de tous ses grands arbres, l'industrie
des hommes ayant changé cette beauté à une plus
grande utilité ; car pour lors c'étoit un lieu propre
pour la solitude, un peu écarté du chemin, abon-
dant en arbres ; où il y avoit une claire fontaine en
laquelle il rafraichissoit ses poulmons altérés , et
qui se voit encore aujourd'hui, où les Habitans de
ce lieu étant travaillés de fievres, se trouvent déli-
vrés en beuvant de son eau : Il y avoit aussi, comme on voit encore , une petite riviere agreable qui
recreoit grandement l'œil et contenoit l'esprit, avec
beaucoup de Sauls qui bordoient son rivage , sous
l'ombre desquels le bien heureux Saint se recreoit,

et comme les enfans d'Israël , regrettoit de se voir
privé de la Sainte demeure de l'heureuse Sion et
de la Jerusalem céleste , pour ne voir celui là pour
l'amour duquel il avoit tout quitté : La Divine providence ne l'abandonnoit point , et comme le bien-
heureux Saint se contentoit des herbes et racines
pour sa viande, et de l'eau pure pour son breuvage,
les douces et Divines consolations soulageoient tous
ses maux ; les serviteurs de Dieu ne sont jamais
sans secours : Elie est visité par un Ange qui lui
porte du pain cuit sur la cendre et de l'eau lorsqu'il
dormoit sous un arbre. Daniel au milieu des Lions,
Dieu a soin de son diner ! O divine Providence ! Qui
est ce serviteur de Dieu qui puisse dire jamais avoir
été délaissé de ton secours ; la Divine Providence
ne bandonna pas dans ce désert pour la nourriture
de son corps, et pour celle de son ame , les douces
consolations et visites des Anges , la compagnie
desquels ne manque à ceux qui ont quitté pour
Dieu la compagnie des hommes. Nous pouvons bien
nous imaginer les penitences, mortifications, jeû-
nes, abstinences, macerations, haires, cilices, disci-
plines, veilles et oraisons que pouvoit faire ce bien-
heureux Saint , mais ne sçavons point, si non ce
qu'il plaira à Dieu nous en relever ; car c'est le
propre des Saints de cacher toutes les bonnes œuvres, se contentant seulement d'être veus des yeux
de Dieu et non des hommes, duquel esperent leurs

justes recompenses ; mais au plus les bienheureux
Saints cachent leurs vertus , d'autant plus Dieu les
manifeste par la grandeur des miracles et les mar-
bres les prêchent. Qui eut dit en ce tems là qu'en
un lieu si écarté, si caché et si sauvage y eut un
homme si parfait, et qui meritat par sa bonne vie
d'être Prince de l'Eglise , et Pasteur des Oüailles
de Jesus — Christ ! Ha ! il ne faloit pas que cette
vertu fut ensevelie dans ce bois , il faloit que cette
lumiere et que ce chandelier fut élevé pour éclairer
le peuple de Marseille et que le talent que Dieu lui
avoit donné fut mis en pratique, ce qui fut fait.

Eustache evêque de Marseille étant décédé , qui
vivoit l'an quatre cent septante, successeur de Ve-
nerius, le peuple de Marseille demanda à Dieu de
vouloir pourvoir d'un Pasteur pour la conduite de
ses oüailles, car en ce temps là l'on n'en prenoit
point que de la main de Dieu, qui en a plus de
connoissance , et qui sçait mieux la nécessité des
Oüailles comme le Souverain Pasteur de toutes, et
la capacité et zele du pastour ; lequel répondant à
la priere et oraison de ce peuple , lui dit que dans
le desert de Sauzete y avoit un homme de race Royale qui faisoit penitence, qu'il l'avoit destiné pour
être son pasteur, qu'il s'en allat dans cette forêt ,
qu'il trouveroit assurement ce qu'il desiroit, et un
homme irreprehensible et qui avoit les qualités d'un
vrai et digne pasteur de son Eglise. Ce peuple sans

aucunement douter, ne demanda point de signes
de sa mission comme Moyse, sçachant bien que celui qui l'envoyoit ne manqueroit point de confirmer
sa mission, et que son voyage ne seroit pas inutile.
Partant donc les deputés pour aller à ce desert de
Sauzette, distant de Marseille quinze mille, qui
sont cinq lieuës de ce Païs et entrent dans cette
ombrageuse forest habitable de ce seul homme. Ils
font rencontre étant un peu avancés dans icelle,
de l'homme que si diligemment ils cherchoient,
homme pauvrement habillé, maigre et extenué,
grave, et qui tenoit en sa main une canne ou roseau pour appuyer sa vieillesse, ou bien plutôt sa
foiblesse : Ils vont à lui et lui demandent s'il avoit
point connoissance d'un homme qui habite ce desert, appelé Cannat, lui qui ne sçait pas que c'est
de mentir leur dit, simplement que c'étoit lui, et
qu'est-ce qu'ils desiroient qu'il fît pour eux. Croyés
vous peut-être bien-heureux Saint qu'ils viennent
à nous pour peupler ce désert ? Helas ce n'est que
pour vous en retirer. Ces Deputés lui déployent au
net leurs commissions, et comme ils sont deputés
de l'Eglise de Marseille, qu'elle est veuve et sans
Pasteur, afin de l'avoir pour leur Prelat, que Dieu
l'a ainsi ordonné exauçant leurs prières. Mais Mes-
sieurs les Deputés comment montrés vous vôtre
mission, comment la confirmes-vous, quel miracle
faite-vous pour le persuader d'accepter cette char-

ge ; est-il obligé de vous croire. Comme ce bien-
heureux Saint étoit beaucoup humble il s'excusa ,
alleguant son inhabilité et insuffisance qui étoit un
signe de sa modestie et humilité, les priant de le
laisser dans le repos de la sainte solitude , et qu'il
seroit si peu Evêque de Marseille, que cette canne
qu'il avoit seche et aride en sa main fleuriroit ; mais
à peine eut-il proféré ces paroles que ladite canne
ou roseau fleurit dans sa main , si bien que les
Deputés et lui furent confirmés par ce miracle , et
lui resolu d'obeir à Dieu, car tout à l'heure élevant
ses mains et ses yeux au ciel ? Seigneur ; dit - il ,
vôtre saint vouloir soit accompli, donnés moy donc
des forces pour suporter ce fardeau si pesant, puis
se tournant vers les Deputés, il n'y a moyen, leur
dit-il de résister à Dieu, allons quand il vous plaira.
Tout le peuple de Marseille attendoit ces Deputés
avec impatience, mais les voici venir, Dieu sçait
quels cris de joye et allegresse firent pour lors tous
les habitants de cette fortunée ville, ils n'avoient
pas assés d'yeux pour le contempler ; il est sacré
par son Metropolitain d'Arles, et par trois Evêques,
comme c'étoit pour lors la coûtume, et voilà le
bienheureux Cannat de la ville de Marseille , dans
laquelle il se comporta si sagement et si saintement,
qu'il étoit admiré non seulement des hommes , mais des Anges , travaillant journellement à
derraciner l'heresie, à confondre le peché, à conver-

tir les ames à la nécessité des pauvres et veuves ;
enfin il étoit un Phœnis brûlant perpetuëlement de
l'amour de Dieu.

Il regit cette Eglise l'espace de dix ans, et suc-
ceda à lui Gennadius (bien que quelques-uns cro-
yent que ce fut Grecus) il laissa une si bonne odeur
de sa sainteté de vie, que le même Gennadius qui
marchoit sur ses pas et imitoit à son possible ses
vertus, l'apelle *sanctum hominem Dei*, saint ,
homme de Dieu. Quant à sa mort nous n'avons
pas aucune particularité, même qu'il ne mourut pas
en cette ville ; car à ce que j'ai pû juger il mourut
au village de S. Cannat appellé Sauzei), ayant peut
être les Médecin trouvé bon qu'il changeat un peu
d'air, mais il changea cette vie en une meilleure en
l'année 490 le 18 Octobre, et selon ce que j'ai pû
aussi conjecturer, fut enseveli en ce même lieu où
quelque temps après le Clergé alla prendre son corps
sur le lieu afin de joüir des saintes Reliques de ce
Sacré Corps, et lui rendre le dernier devoir, qu'on a
coütume de rendre à telles personnes où l'histoire
raconte que pendant qu'on portoit ce venerable
Corps Saint , il fut fait un subit changement en
l'air(et s'éleva une si grande tempête accompagnée
d'une pluye si grande qu'il n'y avoit aucun qui ne
fut point trempé d'eau excepté ce venerable Saint
Corps, et ceux qui le portoient qui n'y eut pas une
goutte d'eau qui osat les approcher. Il ne faut pas

12

douter qu'il n'y eut beaucoup d'autres miracles en
sa mort et après sa mort, lesquels ne sont pas venus à nôtre connoissance, pour être les papies
égarés. L'Eglise qui fut du dépuis edifiée à son
honneur nous en est témoin, laquelle a demeuré
à son entier jusques en 1536 et qui fut au Siege
de Bourbon où cette Eglise fut profanée, qui étoit
la premiere Parroisse, et le Siege étant ôté et l'ennemi retiré, ceux du Quartier de Cavaillon deman-
derent au Prieur d'icelle, qui communement est le
dernier Chanoine de l'Eglise Majeur, de la rebâtir,
mais comme il s'excusoit sur son impuissance n'a-
yant que 24 liv. de rente de ladite Eglise, les Con-
suls et le Chapitre furent Arbitres de ce different
et leur accorderent que leur Parroisse seroit en
l'Eglise de Sainte Marthe, et là furent transportés
les Fonds Baptismaux, et durant quelques années
le service se faisoit d'un Prêtre qui y alloit cele-
brer la sainte Messe, là on y établissoit les Prieurs
du S. Sacrement, qui venoient à la Procession le
jour de la Fête de Dieu avec la Croix garnie de
deux cannes vertes. laquelle Croix précedoit toutes
les autres, et le lendemain Vendredi se celebroit une
Messe pour les bien-facteurs *de mortuis* à la sus-
dite Eglise de Sainte Marthe, dans laquelle Eglise
aussi les Reliques qu'on porte en Procession le
jour de l'Ascension de Jesus-Christ y demeuroient
toute l'année comme la Procession étoit arrivée.

Quant à la célébration de la Fête de ce bien - heureux Saint , elle se celebroit avec grande rejoüissance , et à la vielle d'icelle lorsque la banniere alloit, ainsi que de coûtume , faire le tour par ville
pour advertir le peuple le jour de sa Fête, tous les
enfants de la ville se trouvoient à la place de la
grande Eglise avec des cannes en main, marchans
avec une grande rejoüissance au devant de la banniere, souvenance de la canne qui fleurit en la main
du bien-heureux Saint, les Reliques de son venerable
Corps furent départies par un Evêque de Marseille, une partie à l'Eglise Cathédrale, et l'autre en
l'Eglise de S. Cannat ou Sauzette , et je crois aussi
qu'une partie fut distribuée en cette Eglise qui sert
de muraille à la ville, et qui étoit la première Parroisse , que j'estime que ce sont les Reliques , et
cette Tête qu'on a trouvé dans l'Eglise Majeur, que
que du tems de Bourbon on l'a cacha sous le maître
Autel , car en cette année là le grand Autel fut
changé , et le vieux mis en la Chapelle de Sainte
Anne, où étoit dépeint d'un côté S. Lazare et de
l'autre S. Nicolas et la Vierge au milieu assise avec
son enfant qui succe la mamele, laquelle fait plusieurs miracles touchant les petits enfans , qui par
maladie ou sortilege ne peuvent tirer la mamele de
leurs meres, où deux diverses fois j'ay veu des enfants après leurs avoir fait baiser la mamele de la
Vierge, s'attacher avec appetit à la mamele de leurs

mères et nourrices, lesquelles avec grande devotion rendoient grâces à la Sainte Vierge et versoient beaucoup de larmes dans ladite Chapelle. Voilà tout ce que j'ay pû recüeillir et trouver de la vie du bien-heureux Saint Cannat, jusques à ce que les cayers égarés de sa vie se trouvent, ce que pourroit arriver : car puisque Dieu a fait parler un marbre pour nous reveiller le souvenir de ce bien-heureux Saint, pourra bien faire trouver les mémoires de sa vie et de sa mort. Cependant tâchons d'imiter sa sainteté de vie, afin qu'un jour nous puissions joüir de la gloire, de laquelle il joüit au Ciel avec les bien-heureux.

CANTIQUE

POUR LA FESTE DE S. ETIENNE,

Vulgairement appellé leis PLANCHS de Sant Esteve.

C'est l'Histoire rimée, en ancien Provençal, du martyre de ce Saint, et tirée de l'Epitre du jour, que depuis un temps immémorial (1) on chante tous les ans au jour de sa fête, sur les sept heures du matin, en l'Eglise Métropolitaine Saint Sauveur de la ville d'Aix, avec un concours étonnant de monde, pendant une Grand'Messe dite la Messe du peuple, qu'on y célèbre dans une Chapelle dédiée à ce même Saint, ce qui se fait de la maniere suivante. Quand on est parvenu à l'Epitre de cette Messe, un Ecclésiastique revêtu de son habit de chœur, monte dans la chaire à prêcher, vis-à-vis de laquelle va se placer (l'auditoire entre-deux) le Sousdiacre servant à cette même Messe; et après s'être salués mutuellement l'un et l'autre, (ce qu'ils observent encore après avoir fini) ils chantent alternativement, sçavoir : le Sousdiacre, une certaine portion de l'Epitre du jour sur un ton particulier à cette Épitre, et l'Ecclésiastique, qui est en chaire, un couplet de ce Cantique sur celui du *Veni Creator*, ainsi qu'il s'ensuit.

(1) Le vingt-sixieme Décembre jour de la fête de S. Etienne, premier Martyr, la Messe du peuple se dit d'abort après Matines à l'Autel de ce Saint. Quand on dit l'Epitre on dit en même temps les Planchs de S. Etienne en rithme provençale, qui sont chantés au ton du *Veni Creator*, par un des Diacres revêtu de son habit ordinaire de Chœur, pour le temps hyemal, le tout suivant l'ancienne coûtume de notre Eglise.

PLAINTS

Ecrits en 1665, tels qu'on les chante aujourd'hui.

Ausez, Messus, et ayas pax,
Ce que diren bèn escoutas ;
Et la lisson de veritat
Non l'y a mout de faussetat.

Lectio Actuum

En la lisson que legiren
Das Sants Apouestos trataren ,
Lou dich de Sant Luc contaren ,
De Sant Estève parlaren.

In diebus

En aqueou tèmps que Diou fon nat,
Et fon de mouert ressuscitat ,
Et puis au ceou fouguet montat,
Sant Estève fon lapidat.

Stephanus plenus gratiâ et fortitudine faciebat

Ausez, Messus, per que rezon
Sant Estève lapideron ;
Vegueron que Diou en el fon ,
Fasie miracle per son nom.

PLAINTS

Ecrits en 1318, tels qu'on les chantoit autrefois.

Sezes, (1) Senhors et aias pas,
So que direm bèn escoutas :
Car la lisson est de verlat,
Non hy a mot de falssetat.

Apostolorum.

Esta lisson que ligirem
Dels fachs dels Apostols trayrem ;
Lo dich San Luc recontarem,
De Sanc Estève parllarem.

illis.

En aquel tèmps que Dieus fom nat
Et fom de mort ressuscitat,
Et pueys el cèl el fom puiat, (2)
Sant Estève fom lapidat.

prodigia et signa magna in populo.

Auias, Senhors, per qual razon
Lo lapideron los fellons ;
Car connogron Dieus en el fon,
Et fes miracle per son don.

(1) Asseyez vous. (2) Parvenu.

Surrexerunt autem quidam de Synagogâ quœ
xandrinorum, et eorum qui erant à Ciliciâ et

Contro equ s'eleveron cridans
Lous felons Alexandrians,
Et lous cruels Cilicians,
Et aussi lous Libertinians.

        Et non poterant resistere sapientiœ

L'ami de Diou, per sa vertu,
Sous ennemis a convencus ;
Lous plus sçavents a rendus muts,
Et lous plus fouerts a confondus.

Audientes autem hœc dissecabantur cordibus

Quand anien auzi la rezon,
Couneissen que vencus fouron ;
D'iro enfleron sous poulmons,
Seis dènts crucion commo Lyons.

Cum autem esset Stephanus plenus Spiritu Sanc-
      Jesum stantem à dextris

Lou Sant, vezènt sa voulontat,
Non sarquet aido d'homme armat ;
Mai au ceou anet regardar ;
Ausez commo li va parlar :

appellatur Libertinorum et Cyrenensium et Ale-
Asiâ, disputantes cum Stephano.

> En contre el corron e van
> Los fellons Losbertinians,
> Et los cruels Cilicians,
> Els autres Alexandrians.

et spiritui qui loquebatur.

> Lo ser (1) de Dieu, e la vertut
> Los messongies a connogut ;
> Los plus savis (2) a rendut mutz,
> Los bons el malz totz a vencutz.

suis et stridebant dentibus in eum.

> Cant an auzi la razon,
> Els connogron que vencutz son ;
> D'ira lur enflan lo polmon,
> Las dèns cruysson coms leons.

to : intendens in cœlum vidit gloriam Dei, et
virtutis Dei, et ait :

> Cant lo Sant vi lur voluntat,
> Non quer (3) secors d'ome armat ;
> Sus en lo cèl a regardat,
> Auias, Senhors, coma à parllat.

(1) Serviteur. (2) Sages. (3) Cherche.

Ecce video cœlos apertos et filium homi-

Escoutas tous, non vous sié greou,
Aro ubèrt vezi lou ceou ;
Vesi Jèsus, lou Fiou de Diou,
Ista à la man drecho sicu.

Exclamantes autem voce magná, continuerunt
in eum, et ejicientes eum

Lous faus Jusious tous courroussas
Cridon coumo desesperas :
Giten lou fouero la citat,
Et que siegue bèn lapidat.

Et testes deposuerunt vestimenta sua secus

As pès d'un jouine adoulescènt ;
Van mettre sous habillamens ;
Et tous à las peirous courrien,
Et Sant Esteve lapidien.

Et lapidabant Stephanum

Quand veguet las peirous venir,
Non si mettet pas à fugir ;
Son amo à Diou recoumandet,
Et vciei commo li parlet :

nis stantem à dextris virtutis Dei.

> Or, escoutas, non vos sia grieu
> Que sus el cèl ubèrt vech yeu ;
> E connost là lo Filh de Dieu
> Que crucifixeron Juzieus.

aures suas, et impetum fecerunt unanimiter
extra civitatem, lapidabant.

> D'aisso foron fort corrossat
> Los fals Juzieux, e en cridat :
> Prennam lo, que trop a parllat,
> Gittem lo for de la ciutat.
> Non se pot plus l'orgueilh celar,
> Lo Sant prenon per tormentar,
> De foras els lo van menat,
> Comensson à lo lapidar.

pedes adolescentis qui vocabatur Saulus.

> Vevos (1) qu'es pès d'un bachallier (2)
> Pausan lur draps, per miels lancier,
> Saul li appelleron li premier,
> Sant Paul cels que vèngron darrier.

invocantem et dicentem :

> Lo Sant vit las peyras venir,
> Doussas li son, non quer (3) fugit ;
> Per son Senhor suffri martir ;
> E comensset aysso a dit :

(1) Voici. (2) Jeune Garçon. *ita* Menage. (3) Cherche.

Domine Jesu susci-

Seignour Diou, qu'avez fach lou mond,
Et nous tiras d'infèrt pregond,
Per lou merit de vouestre Nom,
Recebez mon esprit amon.

Positis autem genibus clama-

Quand aguet dich, s'agenouillet;
Puis, bouen exemple nous dounet;
Car, per sous ennemis preguet,
Et veici caumo eou accabet.

Domine, ne statuas il-

Seignour Diou, plen de grand douçour,
Diguet lou Sant à soun Seignour,
Mon bouen Jèsus, pardounas lour
Toutos mas penous et doulours.

Et cum hoc dixisset,

Quand lou martyre fon finit,
Sant Esteve en Diou dourmit;
Et puis fouguet ensevelit,
Ensin fouguet tout accomplit.

pe Spiritum meum.

> Senher Dieus, que fezist lo mont ; (1)
> E nos trayssist d'unfèr pregon ,
> Et nos domnest lo tieu Sant Nom ,
> Recep mon esperit amont.

vit voce magnâ , dicens :

> Après son dich , saginolhet ,
> Don annos (2) exèmple donet ;
> Car , per sos enemios preguet ,
> E so que vole el accabet.

lis hoc peccatum.

> Senher Dieus , plen de gran doussor ,
> So dis lo Sant à son Senhor ,
> Lo mal quels fan perdona lor ,
> Non aian pena ni dolor.

obdormivit in Domino.

> Cant lo sermon fom tot fenit ,
> El martire fom adymplit ;
> De so quel quer (3) el fom auzit ,
> El regnum Dieus s'es adormit.

(1) Le monde. (2) A nous. (3) Demande.

L'usage de chanter ainsi en langue vulgaire le
martyre de Saint Etienne au jour de sa Fête, con-
jointement avec l'Epitre de ce même jour, n'a pas
été particulier à notre Eglise ; car outre qu'on en
faisoit autrefois de même par tout le diocese d'Aix,
ainsi que . ous l'apprend Nostradamus dans la pré-
face de son histoire des Poëtes Provençaux , cette
coûtume a été encore universellement observée dans
toutes les Provinces de France , comme on peut le
voir dans la nouvelle édition du Glossaire de la basse
latinité, par Mr. Du Cange, aux mots *Farsa* et *far-*
sia ; dans un ouvrage de Don Martene , qui a pour
titre *de antiquis Ecclesiæ ritibus cap. 3. art. 2 ,*
où est rapporté un exemple de ces sortes d'Epitres
qu'on appelloit *Farcites,* tiré d'un manuscrit de St
Gatien de Tours , plus exactement copié aux *Mé-*
moires de l'Académie Royale des inscriptions et
belles lettres, tom. 17, pag. 716 ; et enfin dans le
Traité historique et pratique sur le Chant Ec-
clésiastique de M. l'Abbé Lebeuf Chanoine d'Au-
xerre, qui met, sous les yeux de ses lecteurs , un
bien plus grand nombre de ces sortes d'exemples.

Mais quelle peut avoir été l'origine de cette pratique singuliere, et en quel tems a-t-elle commencé
de paroître en France ? Le même Mr. Lebeuf digne
membre de l'Académie Royale des inscriptions et
belles lettres , dans un Mémoire qni a pour titre ,
Recherches sur les plus anciennes traductions en
langue françoise, inséré parmi ceux de cette Académie, tome 17, resout ainsi cette double question.
Il croit d'abord que cet usage n'a dû commencer
parmi nous que vers l'année 800 ; et en rapportant
la preuve de l'époque qu'il lui assigne, il nous fait
connoître en même tems ce qui aura pu lui donner
naissance. « On sçait, dit-il, que lorsque Pepin et
« Charlemagne introduisirent en France , avec le

« chant romain, la liturgie romaine, le rit gallican
« n'y fut pas entièrement aboli, car Charlemagne
« ne termina cette grande affaire, qui ne souffrit
« pas peu de difficulté, qu'en laissant la liberté à
« ses Églises de conserver du rit gallican ce qui
« pourroit s'allier avec l'ordre observé dans le Ro-
« main. On commença donc pour lors à lire dans
« les Gaules, à l'office de la nuit, les actes des
« Saints qui, dans le temps de l'observation du rit
« gallican, se lisoient à la Messe le jour de leur
« fête, immédiatement avant les écrits de S. Paul.
« Ces actes se lisoient primitivement en latin, au-
« quel on joignit dans la suite une explication en
« langue vulgaire, lorsque le latin ne fut plus en-
« tendu du peuple. Comme la nuit n'étoit pas un
« temps propre à la prédication, on ne songea plus
« à expliquer au peuple, ainsi qu'on le faisoit au-
« paravant, les actions du Saint dont on solemni-
« soit la fête; mais les actes de Saint Etienne pre-
« mier Martyr, étant les seuls qui fussent lûs à la
« Messe, selon la lithurgie romaine, parce qu'ils
« sont tirés des livres saints, ils furent aussi les
« seuls qui perpetuerent l'ancien usage gallican,
« de lire les actes des Martyrs avant la célébration
« des Saints Mysteres : et il est vraisemblable que
« ce fut dans ces conjonctures qu'on statua que
« l'histoire du martyre de Saint Etienne, qui se
« trouvoit prononcée en latin à la messe du jour de
« sa fête, seroit aussi expliquée en langue vulgai-
« re, et chantée au peuple en cet état, à mesure
« qu'on chanteroit l'Epitre où elle étoit contenue ;
« voilà donc pourquoi, (continue toujours le même
« Auteur) on trouve les actes de Saint Etienne
« premier Martyr, rapportés en langue vulgaires
« dans nos livres ecclésiastiques de presque tous
« les siécles depuis le neuvieme. » Or cette époque

si judicieusement déterminée par Mr. Lebeuf, convient d'autant mieux à nos Plaints provençaux, qu'à la différence de ceux qui étoient en usage dans d'autres Eglises, on les récite sur le chant du *Veni Creator*, que tout le monde sçait avoir été composé, ainsi que cette hymne, par Charlemagne lui-même.

Deux autres circonstances bien remarquables doivent nous rendre encore ces mêmes Plaints toujours plus précieux : la premiere, c'est que de tous ceux qui nous restent, comme il est aisé de s'en convaincre dans les ouvrages ci-dessus rapportés, les nôtres sont sans contredit les plus travaillés et les plus intelligibles ; la seconde, c'est que de tant d'Eglises de France où se chantoient autrefois des Plaints semblables, l'Eglise d'Aix passe pour être aujourd'hui la seule qui observe encore constamment cette religieuse pratique, tant elle a toujours été attentive à conserver ses anciens et pieux usages. Observation que nous aurons lieu de renouveler plus d'une fois dans l'histoire, que nous nous proposons de donner incessamment au public, du glorieux Saint Mitre Patron de cette Ville, où nous espérons qu'il se trouvera plusieurs traits également nouveaux et intéressants.

Voilà ce que nous pensions sur nos Plaints de Saint Etienne, tandis que nous ne connaissions encore que ceux qu'on chante actuellement dans notre Eglise, tels qu'ils sont écrits dans son usuel depuis 1655 ; et il faut avouer que ce n'étoit pas sans quelque scrupule que nous faisions remonter si haut une piéce, dont certains tours de phrases et quelques expressions, ne nous paroissoient pas d'une ancienneté bien reculée ; mais cette difficulté disparoit entierement par la découverte que nous venons de faire d'une copie bien antérieure de cet ouvrage, en un idiome tout à fait ancien , et que nous avons placée ci-devant à côté de la précédente. Elle nous a été manifestée par un Chanoine de la Métropole , (Mr. l'Abbé de Gautier d'Aiguines) toujours aussi complaisant à communiquer ses propres recherches, et à en favoriser de nouvelles , qu'il est profondément versé dans les antiquités respectables de son Chapitre , et il l'a trouvée après bien des recherches à la suite d'un vieux Martyrologe dont se servoit autrefois l'Eglise d'Aix , transcrit en 1318. Cette copie même paroît, au coup d'œil, d'une vétusté encore plus grande que le reste du livre ; et elle doit sans doute avoir été faite sur quelque original fort usé ; car les fautes du copiste , les lacunes même qu'il y avoit laissées , et que répara ensuite une main plus intelligente, nous montrent assez la peine qu'il avoit eue à déchiffrer son exemplaire. Voilà bien sans doute de quoi justifier toujours davantage l'ingénieuse conjecture de Mr. Lebeuf , et mettre dans le plus grand jour le zele de notre Eglise, non seulement à maintenir ses anciens usages, mais encore à les rajeunir de temps en temps , pour ainsi dire, afin que le peuple en conserve toujours une parfaite intelligence.

Cet ancien usage de lire les actes des Saints à la messe du jour de leur fête, autres que ceux de St. Etienne premier Martyr , ne fut pas d'abord aussi absolument aboli en France , que semble le dire ici Mr. Lebeuf ; puisque 700 ans après cette époque , l'ancien missel de notre Eglise , imprimé pour la première fois en 1526, en conservoit encore des traces considérables dans les messes de plusieurs Saints, qui , entre l'Epitre et l'Evangile , contiennent, tantôt une Prose où sont rapportées les actions principales du Saint, comme les messes de St. Antoine, de St. Jerôme etc., tantôt un espece de *Trait*

où le Prêtre annonce expressément qu'il va racon-
ter quelque endroit intéressant de l'histoire du même Saint ; et telle est entr'autres la messe du jour
de Saint Marcel Evêque de Die, dont le Trait porte
ce qui suit : *De transtatione Sancti Marcelli.....
Domine adjuvante breviter dicam : peracto tem-
pore etc.* Tantôt enfin ce sont d'autres parties de
la Messe, comme l'Introït, le graduel, l'offertoire ,
et la postcommunion de celle de St. Honorat Abbé
de Lerins, qui sont entièrement historiques.

NOTICE SUR LE MARTYROLOGE

Du Chapitre d'Aix,

Aujourd'hui déposé à la Bibliothèque-Méjanes.

Ce martyrologe écrit sur velin, et conservé dans
les Archives du Chapitre d'Aix, est en son genre
un des monuments les plus estimables que l'anti-
quité nous ait transmis. Voici sa notice telle qu'on
la trouve à la fin du livre: *Notum sit cunctis præ-
sentibus et futuris quod anno Domini 1318, Ca-
pitulum Ecclesiæ Aquensis, scilicet, Dominus
Archidiaconus, Dominus Sacrista, et Dominus
Guillelmus Stephani Canonicus Ecclesiæ Aquensis, Vicarius generalis, et quamplures alii, vo-
luerunt et ordinaverunt quod Martyrologium
VETUS scriberetur et renovaretur de novo per*

*me Johannem de Treesas Scriptorem in minium,
et super hoc constituerunt Dominum Jacobum de
Vallebelle in principio supradicti operis Marty-
rologii, scilicet, de pargamenis, et de scripturâ
et illuminaturâ et ligaturâ, usque ad completu-
ram sicut nunc est.* Par la confrontation que nous
avons faite de ce manuscrit avec les Martyrologes
connus, nous avons trouvé que c'étoit ici un exemplaire de celui d'Adon celebre Archevêque de Vien-
ne ; ouvrage si estimé des Sçavants, qu'un d'entre
eux *(Aloys. Lipom. de vitis Sanctor. tom.* 4 *)* ,
n'a pas fait difficulté de dire qu'il le préféroit à tout
l'or du monde , *Omne aurum nihil duxi in com-
paratione illius.* Cet exemplaire parfaitement bien
peint, et tout aussi bien conservé, est d'autant plus
recommandable, que mis bout à bout de son original, pendant fort long temps employé, selon la notice précédente , à l'usage de notre Eglise , il re-
monte très - probablement jusques vers le temps
d'Adon lui - même : car ayant servi journellement
dans cette Eglise jusques au temps où on commença à y chanter le pur office romain (ce qui arriva
en 1620 aux premieres Vêpres de l'Assomption de
la Sainte Vierge) c'est-à-dire, pendant trois cent et
quelques années ; l'original extrêmement usé, sans
doute, lorsqu'on en fit cette copie, devoit bien avoir
tout au moins une pareille ancienneté, et dater par
conséquent d'un temps fort voisin de la mort d'A-
don qui arriva vers la fin du neuvieme siécle. Les
marges de cet ouvrage le rendent encore infiniment
précieux , et à notre Eglise et à notre Province ,
étant chargées d'une espece de nécrologe où on a
marqué jour par jour, et en son temps, souvent
même avec du détail, le décès des Archevêques ,
Prévôts, Chanoines, bienfaiteurs de l'Eglise d'Aix ,
celui encore de nos anciens Comtes, des Gouverneurs

de la Province, les événements mémorables qui concernent spécialement cette même Eglise ; et ces notes historiques commencent avec le treizieme siècle, et finissent avec le seizieme. Nos anciens nous disent même avoir appris de leurs devanciers qu'on lisoit autrefois avec le Martyrologe du jour, les notes marginales qui lui étoient correspondantes, pour rappeler dans le souvenir des fideles, avec les Saints qu'ils devoient imiter, tant d'ames bienfaisantes, et celles encore qui, ayant été chargées en ce monde du pénible soin de leurs frères, pouvoient avoir besoin en l'autre du secours de leurs œuvres. Voilà donc consigné dans les archives de la litterature un nouveau manuscrit du fameux Martyrologe d'Adon bien ancien, bien complet, bien lisible, inconnu pourtant à Rosveyde qui, en 1645, nous en a donné la derniere et la meilleure édition sur trois manuscrits, dont le plus estimable, nous dit-il lui-même, étoit encore bien défectueux.

CANSOUN SUR LA PASSIEN.

Sur l'air : *Helas quu noun aurié piéta.*

Helas quu noun aurié piéta !　　　　　bis.
Quan ausirié tout rapourta
Ce qu'a souffert, pecaire,
Lou Fiou de Diou din sa Passien,
Et n'en aurié pas coumpassien,
Certo l'amarié gaire.

　　Vous en vau faire brivamen,　　　bis.
Tout lou recit fidelamen,
Mai va pourrai-ti faire ?
Helas ! Aurai-ti ben lou couer,
De ressegui jusqu'à sa mouer,
Tous seis tourmens, pecaire.

　　Coummenço per soun agounié,　　bis.
Dins lou Jardin deis Oulivié,
Et se mette en priero,
A douis ginoux, visagi ouu soou,
Qu'aques' Calici, si se poou,
Se passe, dis, moun Pero.

　　De tous leis membres de soun corps, bis.
L'aigo et lou sang susct alors,

Coulavo de tout caire,
Ero tout triste dins soun couer,
Tout languissen jusqu'à la mouer,
Fasié piéta, pecaire.

 Un Angi descendet doou Ceou,   *bis.*
Que voulavo coumo un ausseou,
Et ly diguet, pecaire
Fau que mourés, counsoula-vous,
Per lou salut deis peccadous,
Noun si poou pas miou faire.

 Seis bouens Disciples dourmien tous, *bis.*
Quan ly diguet, reveillas-vous,
Noun s'istáren plus gaire :
N'avie pas encaro parla,
Que Judas intro, accoumpagna
D'uno troupo de laires.

 Aqueou perfide s'avancet,   *bis.*
Et lou beisan lou trahisset;
JESUS ly dis, pecaire
Moun ami perque sias vengu,
Em'un baisa m'avez vendu,
Judas, se poou-ti faire?

 Adounc se giteroun sus cou, *bis.*
Goumo l'aiglo sus un agncou,
L'an garrouta pecaire,
Em'uno tan grando furour,
Que si fouguesso un mau-fatour :
N'en poudien pas mai faire.

D'abord l'an prés et l'an mena,   *bis.*
Coum'un larroun encadena ,
A l'houstaou de Caïfo :
Ounté Pierre lou reneguet ,
Et recebet un grand soufflet ,
D'un varlet doou Pountifo.

Helas quu nous pourrié counta ,   *bis.*
Coumo l'aneroun mau-trata ,
Aquelo nuech , pecaire :
Semblavoun de chins enrajas ,
Et lou curberoun de crachas ,
Se laissavo tout faire.

Lou matin lou van presenta ,   *bis.*
Coumo s'ero ennemi d'Estat ,
Oou Présiden Pilato ;
L'accusoun d'estre seditious ,
Que se dis lou Rei dei Jusious ,
Gardo pas lou Dissato.

Pilato adounc l'interrouget ,   *bis.*
Ly trobi ren , cou ly diguet ,
Pourtan , per coumplesenci ,
Lou coundamnet d'estre fouita ,
Ou per lou mettre en liberta ,
Vesen soun innoucenci.

Une troupo de bandoulié   *bis.*
L'estacoun contro d'un pilié ;
De poou que s'enfugesso ,
Et ly descargoun tant de coou ,

Que de lou veire fasié poou ,
Moun Diou , quinto rudesso !

Quand leis premiers fougueroun las, *bis.*
N'en venguet d'autres, mai helas !
Ly douneroun , pecaire ,
Mai de siei millo coou de fouei ,
Su lou visagi et sur lou couei ,
Piquavoun de tout caire.

Après l'ave tant mau mena ,   *bis.*
Per mouquarié l'an courouna ,
De piquantos espinos ,
Ly mettoun uno cano en man ,
Un manteou rouge , et ly fan
Millo causos indignos.

Pilato lou va présenta   *bis.*
Oou pople dins aquel état ,
N'ero plus couneissable :
Per afin de leis adouci ,
Ly dis adounc , vesez l'eici ,
Lou trobi pas coupable.

Vous en relachi un tous leis ans ,   *bis.*
Voules-ti Jesu ou Barraban ?
Quint' voulez que vous laisse ?
Adounc trei fés crideroun tous :
Que mouere dessus d'uno Croux ,
N'en sian touteis ben aise.

Pilato, en se lavan lei man ,   *bis.*
Lou coundamnet coumo un bregan,

Oou darnié deis suplici :
Helas , Pilato , que fasez !
Es innoucen, vous lou vesez ,
O ! la grando injustici.

S'aguessias vi'aqueli Bourreou ,   *bis.*
Coumo se sesigueroun d'eou ,
Senso pieta , pecaire ,
Lou cargoun d'une grosso Croux
Tant que ly poudié ana dessous ,
Hay ! que fasie mau traire !

Pecaire poudié par marcha , .   *bis.*
Soun corps ero tout escourcha ,
De temps en tems toumbavo ,
L'aussavoun à coou de bastoun ,
Senso piéta senso resoun ,
Et cadun lou butavo.

Après l'avé proun tourmenta ,   *bis.*
D'abord que fougueroun mounta ,
Oou-dessus d'oou Calvero ,
Tous en furié coumo de loups ,
Lou claveleroun sur la Croux
Davant sa boueno Mero.

Piquavoun à coou de marteoux ,   *bis.*
D'intre sei man de gros claveoux ,
Et piei l'an més , pecaire ,
Afin d'augmenta sa doulour ,
Et per ly faire deshounour ,
Oou mitan de douei laires.

Enfin après qu'aguet ista ,   *bis.*
Tres houros dins aquel état ,
Fet ença sa prièro ,
Pardounet à seis ennemis ,
Et piei en gitan un grand cris ,
Reńdet l'Amo à soun Pero.

    La terro en même temps tramblet ,   *bis.*
Et lou Souleou s'obscursiguet ;
Toutei lei creaturos
Fougueroun din la counfusien ,
Per témoigna sa coumpassien ,
Oou Diöu de la Naturo.

    Chrestian noun sies-tù pas touca ,   *bis.*
Après aquo , de toun pecca ?
Refuses pas tei larmos ,
Per usa de quauque retour ,
A l'endrech de toun Redemptour :
Qu'a souffert per toun amour.

CANTIQUE

Contro lei débauchos dou Carnaval.

Sur l'air : *Colin venant de la ville.*

———

Gemissez , amos chrestianos ,
Gens de ben , fondez en plours
Sur les débauchos profanos
Que regnoun aquestei jours ;
Ounte tant de joyos vanos
Parmi lei Chrestians an cours.

Vesen lou pau de sagesso
Dei Chrestians en aquest tems ,
Et tant de fouello alegresso ,
Tant de juecs impertinens ;
L'a degun que noun cresesso
Que soun devengus Payens.

Lorsque l'Egliso s'appliquo
A la mouer de son Espoux ,
Es alors que l'on se piquo
De pareisse plus joyoux ;

L'on fa professien publiquo
D'estre ennemi de la Croux.

Qu'un Chrestian, (es-ti croyable ?)
Fasse son Diou de son corps :
Per estre ei bestis semblable ,
Que fasse tous seis efforts :
L'on crés qu'aro es tolerablo ,
L'on va fa senso remors.

Dins lou resto de l'annado ,
L'on tâcho de se cacha ,
Dins sa vido déreglado
L'on semblo n'estre facha ;
A present testo levado
L'on pareisse débaucha.

La raison es abrutido
Per l'excés ounté l'on viou :
Et semblo que l'on oublido
Qu'en aquest tems l'ague un Diou ;
Ou l'on crés que dins la vido ,
L'ague un tems que n'es pas siou.

Dins aqueou libertinagi ,
Ounte perdoun la raison ,
Soun couverts d'un faux visagi ,
Et certes n'an ben besoun :
Car aurien-ti lou couragi
De faire veire qu soun ?

Prevenent la penitenci
Que contro son gra faran ,
Per uno hourriblo impudenci ,
Ben indigno d'un Chrestian ,
S'armoun contro l'abstinenci ,
Ounte en caremo intraran.

Qu'impieta ! qu'extravaganço !
Qu poou se l'imagina !
Qu'es ansin que l'on devanço
Un teins ei plours destina ;
Et que per l'intemperanço
L'on se preparo à jeuna.

Coumo n'ayent pas encaro
Proun de fautos à ploura ;
Lorsque l'on vés que toutaro
Lou jeune coumençara ,
Per avanço l'on preparo
De peccas à repara.

Quand lou mounde songe à rire
En aquest tems malhuroux ,
Que tout bouen Chrestian souspire ,
Et ploure ei pés de la Croux ,
Que s'éloigne et se retire
Dei plaisirs tant dangeiroux.

Lorsqu'émé tant d'impudenci
Lou Seignour es ouffensa ,

Prosternas en sa presenci
Noun songen qu'à lou lausa ;
Pér de fruits de penitenci
Travaillen à l'appaisa.

   Luen dei comediés, dei danços,
Et festins superflus,
Dei fouellos rejouissanços,
Et dei plaisirs défendus ;
Occupen-nous dei souffranços
Et de la mouer de Jesus.

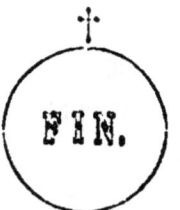

FIN.

TABLE DES MATIÈRES.

FIN DE LA TABLE.